文春文庫

むすめの祝い膳

煮売屋お雅 味ばなし

宮本紀子

文藝春秋

もくじ

ひろい猫 7
寒のもどり 67
別れのやきまんじゅう 111
旭屋のひなまつり 177
いろはに初かつお 245

むすめの祝い膳

煮売屋お雅
味ばなし

ひろい猫

一

旭屋《あさひや》は京橋南の水谷町に見世を構える、煮売屋である。朝だけ職人相手に飯を出すが、ほかは持ち帰りをもっぱらとしている。

そろそろ八つ（午後二時）になろうかといういまも、女将《おかみ》のお雅《まさ》は住み込みで働くお妙《たえ》と、客を迎えていた。

客のひとりは近所に住む櫛《くし》職人の男だった。切りがいいところまでと鉋《かんな》をかけていたら、こんな時分になっちまったと、着ている綿入れ半纏《はんてん》の前をきつく掻《か》き合わせてやってきた。もうひとり、男の隣の女のほうは、ここからちょいと離れた南鍋町《みなみなべちょう》の煙草屋のおかみさんだった。旭屋の表通りの向こうには、三十間《さんじっけん》堀が流れている。この堀を渡った大富町《おおとみちょう》に身重の妹が住んでいて、世話をやきにちょくちょく来ては、帰りに夕餉《ゆうげ》のお菜を買っていってくれる今日も寄ってくれたのだが、さっきから植木職人だという妹の亭主の愚痴《ぐち》をこぼしていた。

「いえさ、職人がどうのこうのと言っているんじゃないよ。惚れた腫れたで一緒んなって、子もできたんだ。ちょいと酒をひかえて蓄えにまわしたらどうなんだって言っているのさ」

「女房を持つと、義理の姉さんにまで酒のことで文句を言われるたぁ、大変だ」

おらぁ独り身が気楽でいいや、と櫛職人の男は言って、派手なくさめをした。

また余計なことをと思ったが、もう遅い。

「まったくこのごろの若い者ときたら」

おかみさんの青眉がくっと吊りあがり、愚痴のかわりに、こんどは説教がはじまってしまった。また長くなりそうだ。

「女将さん……」

お妙が気の毒がって、見世《みせ》棚の下でお雅の袖を引いた。

お雅は苦笑し、助け舟《ぶね》をだした。

「大きなくさめをされましたけど、昼のお菜に鰯《いわし》のつみれ汁はいかがです。体が温まりますよ」

お妙が鍋の蓋《ふた》を開ける。盛大に湯気があがり、よい香りが漂った。今日のつみれ汁は味噌仕立てだ。生姜《しょうが》を利かせた丸いつみれが浮かんでいる。

「うまそうだ。おいらそれにするよ」

男はほっとし、小鍋を差し出した。お妙がたっぷりよそう。

「冷めねえうちにいただくよ」

助かったよと目顔でお雅に礼を言い、男はいそいそと帰っていった。

そのうしろ姿を見送っていたら、鉛色の空から白いものが落ちてきた。

「また雪だわ」

お雅からため息がもれた。

年末から正月にかけて晴天つづきであったが、七草を過ぎてから一転、雪が降ったりやんだりをくり返していた。十日の今日は降らずにすむと思ったが、そうはいかないようだ。お天気は人の都合でどうにかなるものではないが、寒いのに加え、足許《あしもと》が悪いと客足は鈍り、お菜が売れ残ってしまうものだから、お雅は雪に少々げんなり気味であった。

「大丈夫だよ。寒いぶんだけ温かくてうまいもんが食べたくなるってもんさ」

煙草屋のおかみさんはお雅を慰《なぐさ》め、ほらごらんなと道の先に顎《あご》をしゃくった。

「お客さんじゃないかえ」

お雅にも、傘を差した女の二人連れがこっちにやってくるのが見えた。ひとりは片手に鍋を抱えている。

「おや、あれは」

近づいてくる女たちを、おかみさんは知っていた。

「ありゃあ、ご隠居さまだよ。ほれ、新両替町四丁目に駿河屋《するがや》って、大店《おおだな》の足袋《たび》問屋があるだろ。そこの」

女隠居だという。近ごろ同じ町内の仕舞屋《しもたや》に越してきたそうだ。

「喜寿を迎えていなさるのだけど、足腰も達者でねえ」

鍋を持っているのは女中のお為《ため》だとも教えてくれた。

さすがご近所だ、よく知っている。

「いえね、ご隠居は煙草喫《の》みで、たまに女中を買いに寄こしなさるんだよ」

だが隠居と直《じか》に口を利いたことはないと話す。

雪を払って傘をすぼめ、見世先に立った女たちを、お雅は笑顔で迎えた。

「いらっしゃいまし。お寒いなかをようおいでくださいました」

「はい、お邪魔しますよ。おや、ここは軒《のき》が深くていいね。濡《ぬ》れる心配がない」

外でお菜を選んでもらうお客さんに、せめて雨風が凌げるようにと軒を深く普《ふ》請《しん》してもらっていた。こうした雪の日もまたしかりだ。

気が利いた造りだと褒《ほ》めてくれる隠居は、小柄で細いひとだった。粋《いき》な細縞の綿入れ羽織を着込み、総白髪《そうしらが》を小さく結った頭には、上物の瑪瑙《めのう》のひとつ玉の簪《かんざし》を挿している。背筋をしゃんと伸ばして立つさまは、煙草屋のおかみさんが言ったように、かくしゃくとしていた。

女中のお為がおかみさんに気づいて、辞儀をした。年はお妙と同じぐらいか。こちらは大柄な娘であった。肉つきがよく体も顔も丸い。だが太っているというよりは、がっしりしているといった感だ。

お為は辞儀をしたまではよかったが、いっこうに煙草屋のおかみさんを隠居に紹介しようとしない。突っ立ったままだ。どうものんびりした娘のようだ。

おかみさんは焦《じ》れたようで、自分から隠居の前に出ると小腰をかがめた。己の店の屋号を伝え、そこの女房だと名乗り、

「いつもご贔屓《ひいき》いただきまして、ありがとう存じます」と日頃の礼を述べた。

「おや、ということは、お前さんがこのお為に、ここの煮売屋を教えてくれたお

ひとかえ」

隠居はそうなのかえと女中へたしかめ、お為はこくりとうなずいた。

「それはそれは、ありがとうござんした」

頭をさげる隠居に、おかみさんは、いえいえそんなと恐縮した。

「煙草を買いに寄ってくれた女中さんに、ちょいと味見に芋の煮っ転がしの小皿を渡したんですよ」

そしたら、おかみさんは大そう料理上手だとあんまり褒めてくれるものだから、実は買ってきたお菜だと白状したまでのことですよ、とおかみさんは語った。

それを聞いて隠居はぎょっと目を剝《む》いた。

「お前、馳走になったのかえ」

お為は「へえ」と返事する。

「へえ、じゃないよ。そういうときは、どこの誰それにこういうものをいただきましたって、わたいに知らせるんだよ。どうせ物欲しそうな顔をしてたんだろ。まったく……躾《しつ》けがいきとどきませんで。許してくださいましよ」

隠居は顔を赤らめ、おかみさんに詫《わ》びた。

お為はすんません、と大きくて丸い体を縮め、しゅんとする。

「あんまりおいしそうな煮っ転がしだったもんで」

正直というか、なんというか。お雅は笑いたいのをぐっと堪《こら》えた。横のお妙もだ。おかみさんは気にしないでおくんなさいと言いながら、肩を震《ふる》わせている。

隠居は、まったくね、と大きなため息をついた。

「隠居所を構えるのと一緒に、このお為を女中に雇ったんだが。ぼんやりに加え、できないことだらけでねえ。煮炊きだってからっきし。拵《こしら》えるもんが片っ端からまずいときてる。弱っちまうよ」

おかみさんとお妙はもう堪えられず、ぶっと噴《ふ》いた。

「笑い事じゃないよ。毎日まずいもんを食わされてごらんよ」と隠居はぼやく。

「頭にきて、うまいもんを食わせろと文句を言ってやったら、ここの煮売屋の話をしてね。煙草屋のおかみさんに教えてもらったって。大そううまかったと言うもんだから、ならちょいと行ってみようと足を運んだってわけさ」

「それはそれは、ありがとうございます。残り少なくなったお菜もございますが、ごらんになってくださいましな」

お雅はならぶお菜を説明していった。

ふろふき大根、煮奴《にやつこ》、鰯のつみれ汁に――。

隠居はみんなおいしそうだと目を細め、「そいじゃあ、これを貰おうかねえ」と、つみれ汁の横で湯気をあげる烏賊《いか》と大根の煮物を選んだ。

「二人ぶんおくれな」

お為のぶんだという。

「女中さんの、でございますか」

煙草屋のおかみさんが驚く。お雅もだった。主人と同じものが女中の膳にのぼるとは。お雅とお妙だってそうだが、あくまで売れ残ったお菜だ。

お為が申し訳なさそうにさらに身を縮める。そんな女中をちらと見て、隠居はそりゃそうさ、と言った。

「うまいもんが食べたきゃ、つくる者にもうまいもんを食べさせなきゃね」

「さすが大店のご隠居さまだ。おっしゃることが違いますねえ」

おかみさんは褒めたが、半ば呆れもしていた。

しかしお雅は感じ入っていた。煮炊きのできぬ女中とわかればすぐに辞めさせ、上手な女中を新たに雇えばいいことだ。なのに女隠居は、このお為という女中を育ててやろうとしているのだ。

感心するお雅に、隠居はそんな大そうなことではないと手をふる。

隠居が話すには、お為の前の奉公先は明樽《あきだる》問屋で、主に水汲《く》みや薪割りがお為の役目だった。だが新しく下男が雇われて、お為は暇《ひま》を出されてしまった。

「あたしにできるのは力仕事だけだったもんですから」

泣きそうな顔でお為は笑う。

「ようは不慣れってことさ。これからせいぜい覚えたらいいんだよ」

だけどねえ、と隠居はそこでまたひとつため息だ。

「躾けを仕込むことはできるが、料理となると話は別だ。うまいもんを食わせることはできても、教えるとなるとねえ」

そりゃそうだ。大店のお内儀は献立の指図をするぐらいだ。お店にいれば、古参の女中が教えるのだが。

「ほらお為、ごらんな。うまそうだ。こないだのお前が拵えたのとは大違いだ。ありゃ、墨袋ごと煮ちまったから真っ黒で、おまけに大根は硬かったねえ」

「へえ、すんません」と、お為は頬をりんごのように真っ赤にした。

商いのことを思うなら、これから旭屋をご贔屓くださいましと頭をさげるのがいいのだろうが——。

困っているふたりをそのままにもしておけず、お雅は指南役をかってでた。

「お菜つくりはね、下拵えが大事なんですよ。お為さんが烏賊と大根を煮たとき、大根を下茹でしたかしら」

お為は大きく目を見開き、ぶんぶんと首を横へふった。

お雅はまず米のとぎ汁で大根を下茹でしておくのだと教えた。

「それから烏賊と煮るの。烏賊の腸《わた》と一緒に煮るやり方もあるけど、その場合も最初に腸をとって、きれいに洗って、墨袋はとりのぞいておくのよ」

お為は「なるほど」と素直にうなずき、「じゃあ、これはどうしたらいいんでしょうか」と青菜の胡麻和えの大皿を指さし、ぱさぱさになったと打ち明けた。

「あたしが教えてあげる」

お妙が見世棚から身を乗り出した。住み込みで働いている者だと名乗り、

「これはね、力任せにしぼっちゃいけないのよ」

やさしくね、こんなふうよ、と手を動かして加減を教えた。

「すごいなあ、お妙さんはもう一人前なんですねえ」

お為はしきりと感心する。お妙は褒められてまんざらでもないようで、

「わからないことがあったらなんでも聞いて」と胸を反《そ》らせた。

「そうよ」

お雅もうなずいた。

「遠慮なく聞きにきたらいいわ。やり方とコツさえ覚えたら、お為さんもおいしいお菜がつくれるようになるから」

「へえ！」

お為はよろこびと驚きで、丸い顔をくしゃくしゃにする。

「女将さん、恩に着ますよ」

隠居のお雅にむける眼差しは、安堵の色が濃い。

成り行きを見届けていた煙草屋のおかみさんが、思い出したようにお菜を選びだした。お為はお妙相手に教えてもらった加減をおさらいする。女隠居はもう一品なんにしようと見世棚に目を戻す。と、急に道が賑《にぎ》やかになった。

「なんでしょう」

お雅は見世内から通りへ首を伸ばした。手習い処からの帰りだろう。雪が降るというのに、道端で子どもたちが塊になって、なにやらわあわあ騒いでいた。

「ちょいとあなたたち、早くお帰んなさいな。風邪を引いちまいますよ」

お雅は子どもたちに声を張った。子どもたちはこっちを見るや、わらわらとお雅の方へやってきた。軒下に入るやいなや、一斉にしゃべりだした。

「はいはい、いっぺんにしゃべらないの。なにを言ってるかわかんないわ」

「あのね、お園《その》ちゃんが猫を拾ったの」

女の子のひとりが言った。

「猫？　どこに」

お妙が見世から出ていった。

拾ったというお園だろう、綿入れ半纏の前の重ねをそっと捲った。お妙がなかをのぞき、「あっ、ほんとだ」とお雅に見返った。

お園はお雅にも見せた。懐《ふところ》に虎猫がいた。まだ子猫だ。半纏にしがみつき、大きな瞳をきょときょとさせている。驚いたのか、ミャーと鳴いた。

「かわいいねえ」

お妙が顔をさらに近づける。

「でしょ。でもお園ちゃんとこは赤ん坊がいるから飼えないの。だめだって」

野良猫を連れ帰ったお園に、母親は元の場所に捨ててこいと言ったという。

「誰か飼えたらいいんだけど」

ほかの子どもたちの家をまわってみたが、やはりどこもだめだったと話す。

「こんな雪の中に、あたし捨てられない」

お園がしくしく泣きだした。

「泣くなよ、おいらたちが虎吉《とらきち》の飼い主を見つけてやるって言ったろ」

いちばん年かさの男の子がお園に言い聞かせ、垂れた洟《はな》を袖でぬぐった。

虎猫だから虎吉なんだよと、子どもたちはもう名前までつけている。

「ねえ女将さん飼っておくれよ」

男の子は見世棚越しにお雅を見あげた。

それは無理というものだった。食べ物商売に生き物は飼えない。

「ごめんなさいねえ」

お雅は胸の前に小さく手を合わせ、謝った。

じゃあ、と男の子は煙草屋のおかみさんを見る。

「だめだめ、うちも刻み煙草に猫の毛が入るといけないから」

おかみさんは断わり、お菜も買わずに帰っていった。

子どもたちの目は自然と隠居に集まる。

「抱いてみる？」

お園が懐の子猫を両手に持ちかえ、隠居に差し出した。猫はうしろ足を宙にぶらりと伸ばし、またミャーと鳴く。

「じょ、冗談じゃないよ」

隠居は後じさった。

「わたいだってごめんさ。ほらお為、こっちもさっさと帰るよ」

お為に代金を払わせ、お雅から鍋を受け取るのを見届けると、隠居は傘を差し、逃げるように軒下から出た。お妙がお為の傘をひろげ、持たせてやる。

お為はこっちを何度も振り返りながら、隠居のうしろをついて帰っていった。

「どうしましょうねえ」

お雅は軒下の子どもたちに目を戻し、困った。皆、唇を紫色にしている。雪はやまず、風も出てきた。放っておいたらこの寒空のなか、子どもたちは飼い主を求めて、いつまでも町を彷徨《さまよ》うだろう。

「しかたがないわね」

お雅はいまだけと決め、大皿に布巾《ふきん》を被《かぶ》せ、煮物の鍋に蓋をし、冷える外から見世内へ子どもたちを引きいれた。

二

「ほら、おあがんなさいな」

板敷きに腰をおろした子どもたちに、お雅は熱々の田楽《でんがく》を振る舞ってやった。

「わあ、女将さんありがとう」

子どもたちはかじかんだ手で串を摘《つま》んだ。はふはふ、あちち、ふうふう。おいしいねえと笑い合う。猫は土間の、豆を煮ている七輪《しちりん》のそばでうずくまっている。

「虎吉もお腹が空いているかしら」

こっちにも飯をやろうとお雅は調理台で鰹節《かつおぶし》を削った。さてこれからどうしようか。顔に赤みが戻った子どもたちと、豆の匂いをふんふん嗅ぎだした猫を交互に眺め、お雅は思案する。

「片っ端から声をかけていくしかないんじゃないですか」

遅い昼餉《ひるげ》に子どもたちと一緒になって田楽を齧《かじ》っていたお妙が、飼ってくれそうな者の名をあげていった。

「まずは長屋の差配《さはい》さんでしょう、それから隣の傘屋さん。そうだ、旭屋にやってくるお客さんにも声をかけてみましょうよ」

お雅は虎吉の前に猫飯《ねこまんま》を置いた。

「ほら、おあがり」

腹が減っていたようだ。猫はすぐに食べはじめた。うにゃうにゃ言っている。

「おいしいおいしいって」

お園が笑った。言われると本当にそう聞こえるから不思議だ。

「それでも見つからなかったらどうすんだよ」

年かさの男の子が唇を尖《とが》らせ不安を口にした。

とたんにお園から笑顔が消える。ほかの子どもたちもだ。

「大丈夫、大丈夫。いろんな人に声をかけたら、猫の貰い手なんてあっという間に見つかるってもんよ。ねっ、女将さん」

「そうねえ、そうなればいいわねえ」

そのためには客のほかにも、たくさんの人に知ってもらうことが肝心だ。

お雅は子どもたちを見まわした。

「ねえ、貼り紙をしたらどうかしら。もちろんお客さんにも声をかけるけど、通りがかりのひとにも、貰い手を探しているのを知ってもらえるじゃない」

そうすればお妙が言うようにすぐに見つかるかもしれない。

おいら書く。あたしも。子どもたちは俄然元気になった。

さっそくお妙が紙と墨の支度《したく》をする。

「虎吉　かわいい猫です　もらってください」

大きな子らが文字を書いた下に、小さな子たちが猫の絵を描いてゆく。

なんだいそりゃ狸かい。ちがわい、虎吉だい。と騒々しい。

「ほら、お前だよ」

お園が貼り紙を虎吉に見せた。猫は腹がいっぱいになったようで、いまは前足でしきりと顔を洗っている。

「なんだ、呑気《のんき》なやつだなあ」

子どもたちはすぐに貰い手が見つかるのを信じて、貼り紙つくりに一生懸命だ。

お雅はあのまま帰さなくてよかったと思った。

半刻（一時間）もせぬうちに数枚の貼り紙が出来上がった。子どもたちは頭をつき合わせて互いに見せ合いっこだ。賑やかにわあわあ言って板敷きにならべてゆく。

「あっ、先生だ」

板敷きに立って、絵を眺めていたお園が通りを指さした。

見世の前を唐傘が勢いよく過ぎていったと思ったら、振り返った。髭面《ひげづら》で大柄な体軀《たいく》の男が「お前たち」と叫んだ。磯谷《いそや》だった。

磯谷は浪人の身で、いまは手習い処の師匠をして暮らしている。子ども思いのよい先生だ。

磯谷はすばやく子らに目を走らせ、やれいてよかったと安堵の息を吐いた。

子どもたちがまだ帰ってこないという親からの知らせをうけ、青くなって探しまわっていたという。

「ご心配をおかけし、まことに申し訳ないことでございました」

一言知らせておけばよかった。人のことをのんびりなどと言っていられない。そこまで気がまわらなかった自分の浅はかさに、お雅は深く頭を垂れた。

「女将さんが悪いわけではござらん」

事情を知った磯谷は、こちらこそご迷惑をおかけしましてと詫びた。

「そうだ、先生が飼っておくれよ」

さっきの年かさの男の子が磯谷に頼んだ。

「寛太《かんた》、無理を申すな」

磯谷は、いまは土間に丸まって寝ている猫に眉間の皺《しわ》を深くした。

「なんでだよ。先生のところなら赤ん坊はいないだろ」

「そりゃそうだが……実はな、わしはどうも猫というものが苦手なのだ」

「なんだよぉ、いい大人がよぉ」

　子どもたちはがっくりだ。面目ないと磯谷は頭を搔く。

「だがそう落ち込むな。お前たちを送りがてら、その貼り紙をあちこち配って、わしからも頼んでおくから」

　磯谷は板敷きにならべられた貼り紙のひとつを手にし、よう書けておる。絵もうまいと子どもたちを褒めた。

　小さい子らの墨で汚れた手をふいていたお妙が、けど先生、と問うた。

「貼り紙はいいとして、貰い手が見つかるまで猫はどうするんですか。いつまでもここでとはいきませんし。ねえ、女将さん」

　そう、それが問題であった。

　みんなが一斉に磯谷を見る。お雅もだ。やはり磯谷を恃《たの》むしかないのだ。

「なんとかなりませんか。磯谷さまのところなら、子どもたちも虎吉に毎日会えますし。世話だってできますし。ねえ、するわよね」

「するする」

「先生、すぐに貰い手は見つかるからさ。その間だけ、な、頼むよぉ」

「お願い先生ぇ」

子どもたちに袖を引っぱられ、足にしがみつかれ、

「磯谷さま、このとおりです」

お雅に拝まれると、磯谷はもう観念するしかない。

「お前たち、本当にすぐに見つけるんだぞ」

「やったあー」

子どもたちの歓声に、寝ていた虎吉の耳がぱたぱたと動いた。

その日の夕方から、お雅とお妙はさっそく猫の貰い手探しに乗り出した。

雪はまだやまず、客足は伸び悩んだが、それでも夕餉《ゆうげ》のお菜を買いにきてくれたお客に声をかけた。そのなかに、長屋の差配がいた。

「まだ小さくて、とってもかわいいんですよ」

見世棚の横に据えてある七輪で、夕餉のお菜に新たに拵えたつみれ汁と、蕪と厚揚げの煮物が、くつくつ音をたてている。軒行灯《のきあんどん》の灯りのなか、鍋から流れる湯気がいかにも温かそうだ。

差配は昨年の一件以来、好物になったという、つみれ汁を注文した。

「大きくなれば鼠《ねずみ》だって退治してくれますよ」

受け取った小鍋にたっぷりよそい、お妙の口調も熱くなる。

しかし差配は首を横へふった。

「うちに鼠はいないよ。それに、老い先短い者が気楽に生き物なんて飼えないさ」

「そんな、差配さんはまだまだお若いですよ」

とは言ったものの、それ以上無理強いはできなかった。

お雅は次にやってきた常連客のおように声をかけた。が、こちらも断わりを口にした。

「だって、独り者《ひともの》の女が猫を飼うなんて。寂しいと思われるじゃないの」

猫はいいから厚揚げをちょうだいなと注文する。

それからもやってきたお客に片っ端から声をかけた。お妙は隣の傘屋に聞きにまで行っていた。が、どこも色よい返事はもらえなかった。

翌日は、雪はやんだが冷え込んだ。かじかんだ指に、はあ、と白い息を吹きかけ、味噌汁にいれる長葱《ながねぎ》を切っていく。竈《かまど》の薪が炎に爆《は》ぜ、飯を炊く釜の重い木《き》蓋《ぶた》から粘り気のある泡が噴きこぼれ、出汁をとる湯が沸いてくると、やっと調理場の空気が緩む。

煮奴に煮染めが出来上がり、鰯の一夜干が焼き網にジュッと脂を滴《したた》らせるころ、凍《い》てついた通りを職人たちが朝飯にやってくる。熱々の味噌汁をずずっとすすり、「はあー」と盛大に息を吐く。お次は干物を頭からがぶりだ。炊きたての飯をわっしわっしと頰張る。

「今日のやる気がみなぎってくるよ」

そんな一言がお雅はうれしい。

職人のひとりが、おや、と板壁の貼り紙に気づいた。

「なんだこれ。女将さん、猫の貰い手を探しているのかい」

ほかの職人たちも、なんだなんだと干物を咥《くわ》えた顔を貼り紙に寄せた。

「そうなんですよ」

いつ言おうかと待ち構えていたお雅は、待ってましたとばかりに男たちに声を張った。

「誰か貰ってやろうっておひとはいませんかえ」

「まだ子猫でね、かわいいんですよ」

お妙も男たちに虎吉を売り込む。

「女将さん、むりむり」と最初に貼り紙に気づいた職人が箸《はし》をふった。

「どうしてです」

「だってよぉ、おいらたちが欲しいのは、猫じゃなくて嫁さんだもんな」

猫の世話どころか、自分の世話をしてもらいたいと笑う男たちに、お雅とお妙はがっかりだ。職人たちは「ごっそさん」と仕事場へ散っていった。

そのままいつまでも落ち込んではいられない。昼餉の支度だ。空は今日も鉛色だった。また雪が降るのかもしれない。

「煮奴と煮染めはあるから」

ふろふき大根をつくろう。添えるのは甘味噌だ。どの鍋も七輪にかけたままにして、熱あつを持って帰ってもらう。すぐにお妙と手分けしてとりかかった。

「それにしても女将さん、常吉《つねきち》さんには笑っちゃいましたよね」

大根の皮をむいていたお妙がくすりと笑った。

下茹でに使う米のとぎ汁を鍋に注いでいたお雅も、つられて笑った。

いつも旭屋にいちばんにやってくる大工の常吉にも、今朝、虎吉を貰ってくれともちろん頼んだ。ほらこの猫《こ》なの、とお妙が指さす絵をじっと見ていた常吉は、悪いが勘弁してくれろと断わった。

「常吉さんも猫が苦手なのね」

磯谷がそうだと話すお妙に、しかし常吉は違うと言った。

「おいら猫は好きだよ」

好きすぎて飼えないのだと常吉は眉をさげた。

「どうしてよ。好きなら飼えばいいじゃない」

「こんなかわいい猫を置いて普請場へ行くんだぜ。いまごろどうしているんだろ、寂しがっていやしないか、おいら気になっちまって」

仕事に身が入らないから飼えないと言うのだ。なんとも常吉らしい理由に、お雅とお妙は声をあげて笑ってしまった。お妙は常吉の情の深さがうれしそうで、それなら仕方ないわねと納得していた。

しかしなんとかしなければ。お雅は鍋をのせた竈の火を大きくしてから、顔を貼り紙の絵にむけた。お園が描いた虎吉がこっちを見ていた。いいひとが見つかりますように。そう願いながら長いひげを描いていたお園の顔を思い出す。

お菜の拵えはあらかたでき、昼にかけてじっくり煮込んでいけばよい。あとは魚だと言っているところへ、ちょうど棒手振《ぼてふ》りがやってきた。

「ねえ、魚屋さん、子猫いらない」お雅はすぐさま声をかけた。

「なんでい、藪《やぶ》から棒に」

「実はねえ」

お妙が貼り紙を見せ、理由《わけ》を話す。

「事情はわかったけどさ、魚屋に猫をすすめるとはねえ」

と棒手振りは鼻を鳴らした。

「それよりこっちこっち。今日のお菜にこれはどうだい」

棒手振りが傾けた盤台《ばんだい》には、大きな鮃《ひらめ》が白い腹をみせていた。

「まあ、立派なこと」

お雅は目を見張った。

「銚子鮃だよ」

房総や九十九里で獲れたものをこう呼んで人気があった。また鰈《かれい》よりも安価なことも好かれる大きな理由だ。昆布締《こぶじ》めや膾《なます》もいいが、こんな寒い日は、

「煮付にしたらどうかしら」

「いいですねえ、女将さん」

お雅は鮃をすべて買いとった。

棒手振りは「毎度あり」と空になった盤台を担ぎ、足取り軽く帰っていった。

お雅は桶の魚を昼と夕方のぶんに分け、さっそく料理にかかった。

「わあ、すごい歯ですねえ」

お妙が魚の顔をのぞき込む。左頭の鮃は小魚や海老を餌にしている。とらえる口は大きく、鋭い歯がびっしりだ。

「捌《さば》くときは指を怪我《けが》しないように気をつけるのよ」

お雅は包丁でぬめりと細かいうろこをこそげとってゆく。腸《わた》をとり、洗い、二寸（6センチ）弱ほどの巾の切り身にしていく。それを湯通しして水にとり、残ったうろこや汚れを落とし、水気をふく。

「お妙もやってごらんなさい。そうそう、この下拵えがおいしくなるコツよ。覚えておいて」

「はい。鍋はこれでいいですか」

「ええ、そうね」

底が浅い平鍋に浅く水を張り、空けた竈口《かまどぐち》にのせ、火にかける。

「煮詰めると身が固くなるから気をつけて。とくに白身の魚はさっと煮る程度でいいの」

火がとおり、ふわっとした身に煮汁をからませて食べる。

「だから煮汁の味は甘辛の濃い目にするの」

お雅は酒の徳利《とつくり》を抱え、鍋にどぼどぼっといれた。次いで味醂《みりん》をとろとろ。砂糖は匙《さじ》でばっと。そして片口に入った醬油《しょうゆ》を鍋に円を描くようにひとさし、もうひとさし。

見ればお妙が手を動かし、お雅の醬油をさす所作を真似ていた。が、分量がわからないと眉をさげる。

「ふふ、これも慣れよ」

煮汁を木杓《きしやく》で混ぜているうち、鍋縁がふつふつと沸いてきた。

お雅は小皿にとって味をみた。

「うん、いいわね」

新たにとって、お妙に渡す。

お妙は口に含み、神妙な顔で天井を睨《にら》む。

「味さえ覚えたら、いれる分量もわかるようになるから。魚から出汁も出て、もっといい味になっていくわよ」

鍋に切り身をならべてゆく。隙間に一寸ほどに切った長葱。生姜は千切りにして散らす。蓋をして、あとはときどき煮汁をかけまわしながら、煮てゆけばいい。

旭屋から醤油の甘辛い、いい匂いが漂いはじめた。

この香りに誘われてか、昼前には早くも常連客がやってきた。通りすがりの者たちも足をとめる。見世は盛況だ。このごろは煮物など七輪にのせて商うことが多いが、煮付は余分な熱をいれないため、大皿によそって見世棚にならべた。魚は脂が溶け込んだ煮汁を纏《まと》い、つやつやとよい照りだ。お客の喉《のど》もごくりと鳴る。

「いらっしゃいまし。ええ、鮃の煮付なんですよ。いかがです」

客が寄ってきてくれたのをこれ幸いと、

「ところでお客さん、子猫をお飼いになりませんか」

お雅は虎吉の貰い手を見つけるのにも余念がない。

だが、やはりよい返事をしてくれる者はなかった。一方、煮付は思っていたより早くに売り切れた。

そして夕方の商いでも、煮付の売れ行きも、猫への返事も同じであった。

三

この日もお雅は棒手振りから鮃を仕入れ、煮付を拵えた。相変わらず寒く、粕《かす》汁《じる》もつくった。体が温まるとよろこばれ、これもなかなかによく売れた。

大皿の煮付もあと一切れとなった昼の八つ、「雅ちゃんいるかーい」と元舅《しゅうと》の久兵衛《きゅうべえ》がやってきた。

「なんか食わせておくれよう」

わしゃもう腹が減って倒れそうだよう、と見世に入ってきてお雅に甘える。

「大旦那《おおだんな》さま、鼻がいいですね」

お妙が、久兵衛が住む霊岸島《れいがんじま》の下り酒問屋のお店まで匂ったかと茶化す。

「お舅《とう》さん、おいでなさいまし」

お雅は久兵衛を茶の間に招じた。

亭主が妾《めかけ》を囲い、その妾に子ができたことから夫婦別れをしたお雅であった。これからどうやって生きていこう。途方に暮れるお雅に食べ物屋をやってみないかとすすめてくれたのが、この久兵衛である。あの馬鹿息子の親として詫びを——と、ここ水谷町に空家を見つけてくれ、煮売屋ができるよう整えてくれたのも久兵衛だ。元舅といっても、いまのお雅にとっては恩人であり、亡き父にかわる肉親のようでもあった。

久兵衛の膳には鮃の煮付のほかに熱い粕汁、油揚げと蒟蒻《こんにゃく》の白和えの小鉢も添えた。煮付はこの寒さで、すでに煮凝《にこご》りができていた。そのまま出し、飯を蒸籠《せいろ》で温めた。熱い飯に煮凝りをのせて食べるのが久兵衛の好物だ。

「うまいねえ」

久兵衛は目を閉じ、しみじみと味わう。

お雅とお妙も共に昼餉をとり、熱い粕汁をすする。

「こんにちはー」

元気な声が表からした。あの声は。客が来てもわかるように、少し開けていた茶の間の障子《しょうじ》の間から、旭屋の戸口に立つ子どもたちが見えた。手習いの帰りに寄ったとみえ、みんな綴《つづ》り帳をさげている。

「入ってらっしゃいな」

お雅は障子を大きく開け、手招きした。

「女将さん、虎吉の貰い手は見つかった？」

子どもたちが板敷きにやってくると、お園が開口いちばんに聞いた。

「それがまだなのよ」

今朝もまだ声をかけていない職人や、昼のお菜を買いにやってきた客たちや、勤番侍《きんばんざむらい》にまで尋《たず》ねてみたのだが、どれも断わられてしまっていた。

いろんな人に声をかけ、貼り紙までしたのに、猫一匹の貰い手を探すのがこんなに難儀《なんぎ》とは。お雅は痛感していた。

ごめんなさいねと謝るお雅に、板敷きへ座る子どもたちは肩を落とす。

「女将さんもかい。おいらたちもだよ」と寛太が言った。

寛太たちも心当たりをつけたお店をまわってみたのだという。

「大根河岸の青物屋に、弓町の角の米屋だろ」

それから――と六軒ほどのお店をあげていく。だがどこも断わられたと話した。

「残念だったわねえ」

お雅もお妙も落胆の色は隠せない。

「雅ちゃん、猫の貰い手を探しているのかい」

久兵衛が二杯目のおかわりの飯茶碗を差し出して話に入ってきた。

「大旦那さま、そうなんですよ」

お妙が見世の貼り紙を剝《は》がしてきて久兵衛に見せた。

「ほう、勇ましい名にしてはかわいいのう。うまく描けとる」

「それ、あたしが描いたの」

お園が自慢げに小鼻を膨らます。

「なあ爺ちゃん、貰っておくれよ」

寛太が板敷きを這《は》っていき、茶の間の久兵衛に懇願した。

「大旦那さま、あたしからもお願いします」

お妙はすぐ見つかると豪語していたものだから、より責任を感じているようだ。

「わしはいいんだがのう」

お妙と幾つもの澄んだ目に縋《すが》りつかれた久兵衛は、すまなさそうに箸を置いた。

飯をよそっていたお雅は、そうだったと思い出した。

姑《しゅうとめ》だった久江《ひさえ》は生き物の嫌いな女《ひと》だった。

子どもたちは、このまま磯谷が飼ってくれたらいいのにと話す。

それでお雅は、そうだったとまた思い出す。磯谷に無理をいって半ば押しつけるように猫を預かってもらってから、二日が経っていた。

「どんな様子なのかしら」

お雅は恐るおそる子どもらに聞いた。

猫は機嫌よくしているという。

「もうすっごくかわいいの。お稽古場《けいこば》を走りまわって、あたしらの帯に飛びついたりするのよ」

お園は虎吉のやんちゃぶりを披露する。

「けど先生があれじゃあねえ」と、ほかの子どもたちは目を見交わす。

「なに、どうしたの」

お雅はひと膝乗り出した。

「先生ったらね、虎吉が近づくたびに悲鳴をあげてるの」

女の子が秘密をばらすように教えてくれた。笑うと口許に八重歯《やえば》がのぞく。

「まあ……」

お雅は申し訳なさでいっぱいになった。

「そりゃあ先生も大変じゃのう」

気の毒がる久兵衛は、しかしどこか楽しげだ。

「お舅さんたら」

「すまんすまん。そうだ雅ちゃん、詫びにお菜を差しあげたらどうだ」

「ええ、そうします」

「女将さん、煮付の下拵えをしましょう」

お妙がすぐさま立ちあがった。

表はさっきより暗くなってきた。また雪が降るのかもしれない。

「ささ、あなたたちは早くお帰んなさいな」

子どもたちに「またね」と手をふり、お雅は前垂れの紐をきゅっと結んだ。

「すぐに見つけるようなことを言っておきながら、申し訳ございません」

南紺屋町《みなみこんやちょう》にある手習い処に着き、稽古場に通されると、お雅は冷たい板の間に手をついて磯谷に詫びた。

「巻き込んでしまったのはこちらのほうです。それにたった二日で見つかるとも思っておりませんゆえ。ささ、お手をあげてくだされ」

磯谷は鷹揚《おうよう》に言って白い歯を見せた。

「あの、お詫びといってはなんですが、召し上がってくださいまし な」

お雅は粕汁と煮付の小鍋を磯谷の前へすべらせた。

磯谷は恐縮したが、しかし遠慮なく頂きますと受け取ってくれた。

「あの、虎吉はどこに」

部屋のどこにも子猫の姿はない。

「そこにおります。子どもらと遊んで疲れたのでしょう」

磯谷は部屋の隅《すみ》にある籠《かご》に視線を投げた。

お雅は籠へにじり寄った。教え子の誰かが持ってきたのだろう、なかに赤い小さな綿入れが置かれている。そっと捲ると虎吉が丸まって眠っていた。

「これはうまそうだ」

隣の台所から磯谷の声がした。しばらくして小皿を手に戻ってきて、籠の前に膝をついた。

「虎吉、お前にもおすそわけだ」

置かれた小皿は煮付の身をほぐして混ぜた猫飯だった。甲斐甲斐《かいがい》しく世話をしているようだ。が、猫が匂いに気づいてむくりと起きたとたん、磯谷はさっと後じさった。その身のこなしのすばやいこと。お雅は、ぷっと噴き出してしまった。

「ごめんなさい」

「いやいや、面目ござらん」

磯谷は頭を掻《か》いてなんとも情けなさそうだ。

虎吉は籠から出て、長々と伸びをした。ふんふん飯の匂いを嗅ぎ、気に入ったようで食べはじめた。お雅は虎吉をそっとなでた。柔らかい毛の感触とともに、猫の温《ぬく》もりが手に伝わってきた。

「早く貰い手が見つかるといいね」

四

しかし藪入りが過ぎ、厳しかった寒さもやっと緩み、咲きかけてとまっていた梅の蕾がほころびだしても、貰い手は見つからなかった。このごろでは虎吉の話になっても、最後はため息で終わるばかりだ。

この日も重いため息をついたあと、お雅とお妙は黙々と田楽の串を打っていた。通りから見えるようにと、見世の戸口の柱に貼った紙に陽があたる。

陽気がよくなるにつれ、田楽がよく売れた。昼餉を食いっぱぐれたり、飯をすばやくすませたいお店者《たなもの》や振り売りや中間《ちゅうげん》が、通りすがりに見世先で摘んでいくことが多くなったからだ。

焼いていると今日も客がひとり、またひとりと足をとめた。担ぎの貸本屋だったり、駕籠かきのふたり連れだったり。お得意様からの帰りだという、反物《たんもの》の包みを背負った呉服屋の手代だったり。皆、見世先で田楽を摘んでいった。

柱の貼り紙に目をとめ、おっ、と声をあげたのも、そんな客のうちのひとりだった。

「これ、まだ探しているのかい」

男は食べかけの田楽で虎吉の絵をさし示した。

「ええ、そうなんですよ」

「そいつはちょうどよかった」

男は猫を譲ってくれないかと言った。

聞き違いかと思った。だが横のお妙のぽかんと開いた口を見れば、そうでないことがわかった。

「貰って……いただけるんですか」

待ちに待った申し出に、お雅の声はおのずとうわずった。

男ははじめて見る顔であった。細面の色白で目の吊りあがった、年は二十そこそこか。若い町人であった。鉄火色《てっか》に矢鱈縞《やたらしま》という、こざっぱりした形《なり》だ。お店者なら手代といったところだが、通いでもないかぎり奉公人が勝手に猫は飼えない。そもそも男はお店者に見えなかった。かといって職人にも見えない。なにを生業《なりわい》にしている男か見当がつきかねた。

お雅の戸惑いがわかったのか、「わたしは米の仲買をしていまして」と男は己の商いを明かした。

「それで店蔵の米に悪さする鼠に困っていましてね。退治してくれる猫がほしくてあちこちに頼んではいるんですが、これがほしいときに限って見つからない。弱っていたところでして」

お妙がお雅の腕を揺すった。明るい目が貰ってもらいましょうよと言っている。

まあ待ちなさいよとお雅も目顔で返した。

「まだ子猫なんですよ。お役に立つかどうか。それでもよろしいので」

念を押した。後で返されては困る。

「なあに、すぐに大きくなって捕まえてくれますよ」

男は飼い慣れているから心配ご無用ですよと言った。

お妙はうんうんとうなずく。それでお雅も、うなずいた。

「でも、ここにはいまいないんですよ」

「そいつは弱ったなあ。すぐにでも連れて帰りたかったんだが」

「いいえ、近くの手習い処で預かってもらっているんです。もしよければいまからでもご案内しますが」

「そいつはありがたい。手数をかけて悪いが」

「いいえいいえ、なにをおっしゃいますやら」

「ええ、お気になさらずに」

この機会を逃してなるものか。お雅とお妙は愛想をふりまいた。

「そいじゃあ、行ってくるからね」

「はい、女将さん」

お妙が頑張ってと小さな拳《こぶし》をつくる。

お雅は前垂れをはずして表に出た。

男は田楽の残りを口にし、串を地べたに放って後についてきた。

「ごめんくださいまし」

格子戸を開けてなかに訪《おとな》いをいれたら、聞こえていた子どもたちの音読がぴたりとやんだ。午《ひる》からの稽古がはじまっていたようだ。軽い足音がいくつもし、目の前の障子が開いて、子どもたちの顔がならんだ。

「あっ、旭屋の女将さんだ」と口々に言う。

「なに、お雅どのとな」

重たい足音とともに磯谷があらわれた。

「お稽古の最中におじゃましまして申し訳ありません。実は」

お雅は猫の貰い手が見つかり案内をしてきたのだと告げた。

「えー、ほんとぉ」

「うっそぉー」

子どもたちは半信半疑だ。

「ほんとうよ。ほら、この方なんですよ」

お雅はうしろにいる男を前に押しやり、皆に会わせた。

「米の仲買をしているおひとよ。お店の蔵に鼠が出て困っていて、猫がほしいって探してらしたんですって」

「へえ、さようで」

男は磯谷に小腰をかがめ、子どもたちに笑顔をむけた。

「ほう。それでどこなんです」

と磯谷が聞いた。

「どこ、と申されますと」

男は小首をかしげた。

「お手前のお店の場所です。これからも子どもたちが虎吉に会えますかな」

お雅は、まあ、と口に手をあてた。貰い手が見つかったよろこびについ浮かれてしまい、大事なことを聞いていなかったと、いまさらながら気づいた。

「わたしったら、うっかりして」

で、どこなんです。お雅も男に尋ねた。

「えっと、あの、ほら、あそこの」

男はしどもどした。が、ややあって、「そう、深川ですよ」とこたえた。

「ここら辺のおひとには、川向こうは馴染みがないでしょう。どう言やいいか、ちょいと迷いましてね。八幡様のすぐそばって言えばわかりますかね」

「そんなに遠いんですか」

これでは会いにいけやしない。

「どういたしましょう」

お雅は磯谷と子どもたちをうかがった。子どもたちは川向こうが京橋川ではなく、大川だと知るや、顔を曇らせた。

そんな子どもたちに、磯谷は先生らしい声音で言った。

「せっかく虎吉の貰われ先が見つかったんだ。よろこんで送り出してやれるよな。なっ、お前たち」

子どもたちは上目遣いで互いを見やる。ひとりが渋々ながらうなずくと、ほかの子らもうなずき合った。

「お園、お前もいいか」

磯谷はお園の顔をのぞき込む。聞かれたお園はこくりとうなずいた。小さな踵《きびす》を返し、稽古場に姿を消すと虎吉を抱いて戻ってきた。虎吉が甘えるようにミャーと鳴く。前に目にしたときよりも、大きくなったようだ。

「あんた頑張って鼠を獲《と》るのよ」

お園は虎吉と顔を突き合わせ、言い聞かせる。わかっているのかいないのか、猫はお園の鼻をぺろりと舐めた。

「虎ちゃん」

お園は虎吉をぎゅっと胸に抱いた。そして思い切るように猫を男に差し出した。

「可愛がってあげてね」

声が湿り、目に涙が盛りあがる。ほかの子たちも洟《はな》をすすり、「虎吉をよろしくね」「うまいもん食わせてやってくれよ」と、てんでに男に頼む。

「ああ、わかった、わかった」

男は言ったが早いか、猫の首根っこを摑《つか》んだ。その動作がなんともぞんざいにお雅の目に映った。猫を飼い慣れている者からするとこんなものなのか。

「そいじゃ急ぎますんで、これで」

「あの、ちょっと」

男は軽く頭をさげ、開いた格子戸から出ていった。引きとめる暇もなく、なんとも呆気ない別れであった。もう会えないのだ。せめて最後に子どもたちに抱かせてやってほしかった。お雅の胸にうすい後悔がひろがる。が、ほっとしたのも正直な気持ちであった。しかし子どもたちはまだ寂しさのなかにいた。男が出ていった戸口を黙ってぼんやり眺めている。

「さあ、今日はもう手習いは終いにしよう」

磯谷はこのままつづけても、身が入らないと思ったようだ。それに遊んでいれば寂しさも紛れると考えたのかもしれない。

いち早く動いたのは寛太だった。小さい子どもたちを押し退けて稽古場に戻り、仕舞支度をして出てきたと思ったら、三和土《たたき》の草履を突っかけて、脱兎《だっと》のごとく外へ飛び出していった。

「まったくあいつときたら」

磯谷は呆れる。

「お前たち、いちど家に帰ってから遊びにいくんだぞ」

「はあーい」

お雅は帰る子どもたちと一緒に手習い処をあとにした。

「なにはともあれ、よかったですね」

お雅が見世に戻って首尾を話してやると、お妙もほっと胸をなでおろした。

先に昼餉をとったというお妙に見世番を頼み、お雅は茶漬けをかっこんだ。すぐに夕餉の支度にかかる。

「そうそう、これを剝がしておかないとね」

夕七つ（午後四時）前にお菜をならべ終えたお雅は、見世のあちこちに貼ってある紙を剝がしていった。虎吉の絵も見納めだ。表に出て、戸口の柱に貼っていた残りの一枚を剝がしていたら、うしろで「おや、ようやく貰い手はついたのかい」と声がした。振り返ると足袋問屋の女隠居が女中のお為を連れて立っていた。

お雅はいらっしゃいましと出迎えた。

「ええ、お陰さまで。さきほど貰われていきました」

隠居はあれから幾度か来てくれていた。そのたびにお雅はお為に料理のコツを教えてやっていた。この前は鰺《あじ》の焼き方だった。どうしても焼き網にひっつくというお為に、はじめに菜種油を焼き網にうすく塗り、七輪でよく熱してから魚をのせればひっつきにくくなると教えた。お妙も魚の背びれや尾にする化粧塩を実際にやって見せていた。

「そうかい、そりゃあよかった」

やれやれだ、と隠居はよろこんでくれた。

「お為さんにもずいぶん心配かけたわね」

ここに来るたび、お為が貼り紙をじっと見つめていたのをお雅は気づいていた。

「いえ、あたしはなんも」

お為は見られていたのが恥ずかしかったのか、りんごのような頰でうつむいた。

隠居の話はこんど行く梅見へとなった。亀戸の梅屋敷だという。

その名のとおり、敷地内は梅で埋め尽くされ、なかでも臥龍梅《がりゆうばい》と名づけられた梅樹は、江戸一の名木といわれていた。

「お前さんの実家もこの時季は梅見の客で賑わうんじゃないのかい」

隠居は、お雅の実家が巣鴨の王子稲荷にある料理茶屋だと知っていた。

「まあ、お耳がお早い」

お雅は驚いた。

「なに言ってんだい。誰もが知ってる名料理茶屋じゃないか。驚いたのはこっちのほうだよ」

そこの娘がねえ、と隠居はしげしげとお雅を見た。

「お前さんも厄介なものに手を出したもんだ。まだ若いんだから、これからひと花もふた花も咲かせられるだろうに」

梅にひっかけて、どこぞへ縁付いたらいいものをと言う。もったいないと。この口つきでは、お雅が煮売屋を営む経緯《ゆくたて》も知っているのだろう。

「梅もなかなかのものですが、里が賑わうのはやはり桜でございます」

お雅は花見どきにはぜひ足をお運びくださいましと明るくいなし、わたしの花はこれでございますと旭屋を振り仰いだ。

「見事に咲くか見守っていてくださいましな」

「あいあい、わかったよ。金棒引きはこれぐらいにしておくよ」

隠居は一本とられたと額《ひたい》をぴしゃりと叩いた。

「さて、今日はなにをもらおうかね」

大皿にざっと目を流し、きんぴらでとめた。

「お為ごらんな。お前のはどす黒くなるのに、これはいい色合いじゃないか」

「へえ、ほんに」

お為はどうしてでしょうと不思議がった。

「ああ、それはね」

お雅はささがきにするとき、水ではなく、酢水に放つと灰汁《あく》で黒くならないのだと教えた。ほかに蓮根や、独活《うど》もそうだ。

ふんふんと聞いていたお為だったが、話の途中で首を道へひねった。鰯の煮付をお妙に注文していた隠居も、通りに目をやった。

お雅も教えていた口を閉じた。

遠くで荒々しい声がしていた。なにか言い争っているようだ。それに混じってか細い泣き声もする。見世前にいたお雅は、通りに手をかざした。

道の先で男同士がなにかもめているようだった。

「なんでしょう」

お妙も見世から出てきた。

「喧嘩《けんか》ですかね、ここからじゃよくわかりませんね。見てきましょうか」

「やめておきなさいよ」

お雅はいまにも駆けていきそうなお妙の袖を摑んだ。

「おや、こっちに来るよ」

隠居が言うとおり、男たちは塊になってこちらへやってくる。どうやら大人に子どもが我武者羅《がむしゃら》に喰らいついているようだ。その脇で女の子が泣いている。

男が腰にしがみついている子どもを足蹴《あしげ》にし、こちらへ走ってきた。子どもはすぐさま立ちあがり、男を追う。とうとうお雅たちの前で子どもは追いつき、男が担いでいる麻袋に飛びついた。

驚いたことに、追われている男は猫を貰ってくれた男だった。そして子どもは寛太だ。寛太は「返せ、返せ」と叫んでいる。あとから追いついて泣いているのは——。

「お園ちゃん」

呼べば、お園は「女将さぁん」とお雅にしがみついてきた。お雅はもう、なにがなにやらだ。とにかく泣くお園を抱きしめた。

「くそっ、放しやがれ」

「嫌だっ、返せ」

男と寛太はもみ合っている。

「こんちきしょう」

男が寛太を殴ろうと拳をふりあげた。

「やめてください」

お雅は横にいるお妙にお園を託し、夢中でふたりの間に割って入った。

「いったいどうしたっていうんです」

男を見、寛太を見た。

寛太が男をぎっと睨みあげた。

「こいつ、米の仲買なんかじゃない。三味線《しゃみせん》の皮にする猫を捕まえているやつなんだ。おいらたちを騙しやがったんだ」

「そんな……だってお店は深川だと」

だがたしかに男の抱える麻袋から、ミャーミャーと猫の鳴き声がする。

なら、お雅に話したことは、すべてでたらめだというのか。

男のお雅にむける愛想笑いが歪《ゆが》む。

お雅の身のうちで、あのとき感じたうすい後悔が濃くなってゆく。

「おいらどうもおかしいと思ったんだ」

寛太は手習い処から飛び出して、すぐにこの男を追ったと話した。

男は通りの角でちょうど足をとめ、手にぶらさげていた虎吉を懐へねじ込んだ。

そしてまた歩き出し角を曲がった。そのまま大根河岸の方へと歩いてゆく。

「おいら後をつけて」

男は河岸に立つ青物市の掛け小屋の裏へまわった。荷車に木箱が積んであり、そのひとつから麻袋をとり出したと思ったら、懐の虎吉をそのなかへ放った。

「それから袋を担いで町を歩きまわるんだ。長屋の塵溜《はきだめ》や裏路地をのぞいて」

そこに猫がいると煮干でおびき寄せてふん摑まえ、袋へ押し込む。

「それでおいらぴんときた。こいつは猫を捕まえて歩いているんだって」

「か、かわいそうな野良猫を飼ってやろうと思いましてね。それにうちは鼠が多くてね、猫一匹じゃ間に合わない。それで」

男は喉に詰まった塊を吐き出すように、べらべらしゃべった。

「嘘だ、どっかの男と、いい三味線の皮になるんだって話してたじゃないか。虎吉を返せって大声だしたら、邪魔するなっておいらを殴った」

それでも寛太は男に果敢に挑みかかった。逃げる男を追いかけた。その途中でお園と行き会う。「あっちへ行ってろ」口でも手でもお園を遠ざけたが、お園はふたりのただならぬ様子に、幼いながら虎吉になにかあったと感じ、泣きながら寛太についてきた。

「なんてこと……虎吉を返してくださいな」

すべての事情がわかり、お雅は怒りに身を震わせ男に詰め寄った。

「返しやがれ」

寛太が力任せに男から袋を奪った。固い結び目をほどいて口をひろげる。なかから何匹もの猫が飛び出してきた。猫たちは「シャー」と毛を逆立て、一目散に逃げていく。

「虎ちゃん」

お園の声に一匹の虎猫が走ってきた。すり寄る子猫をお園は胸にぎゅっと抱く。

「この餓鬼《がき》ゃ。商売物を逃がしやがって、どうしてくれる」

男が怒鳴って寛太の胸倉を摑み、乱暴に揺すった。

「やめて」

お雅は必死に男の手を子どもからふりほどき、寛太を背に庇《かば》った。

「そんなら女将さんが弁償してくれよ。へへ、銭じゃなくてもいいんだぜ」

男は嗤《わら》い、いやらしい目つきでお雅を舐めるように見た。手が伸びてくる。

その手をばしっと叩き払ったのは、女隠居だった。

「馬鹿をお言いでないよ。さっきから黙って聞いてりゃ、いい気になって。騙しておいてなにが弁償だい」

「なんだと婆あ」

男の手がこんどは隠居へ伸びた。

「ご隠居さま」

お雅が叫んだときだ。お為がずいと前に出てきたと思ったら、男の腕をぐいっとひねりあげた。

「お為、よくやった。そのまま押さえといで」

「へえ!」

足を踏ん張り、頬どころか顔を真っ赤にして男を睨みつけるさまは、

「まるで浅草寺の仁王さまみたい」

ふらつくお雅を支えにきたお妙が呟いた。

男は両膝を地面につけ、「痛てて、離しやがれ」と苦しそうに喚《わめ》いている。

そんな男の前に隠居はしゃがんだ。

「お前さん手馴れているようだが、逃げた猫のなかに、ほかにも騙しとった猫がいたんじゃないかえ。もしかしたら、縁側からちょいと盗んできたって猫もいたりしてねえ。こっちは出るとこ出たっていいんだよ。えっ、どうなんだい!」

胸のすくような啖呵《たんか》であった。

「わ、わかったよ、悪かった。勘弁してくんな。ここにはもう二度と来ねえ」

「ほんとだね」

男がうなずいた。

隠居の目配せに、お為が男から手を離した。

男はふらりと立ちあがり、ちっと舌打ちして白魚橋の方へ逃げていった。

五

「ご隠居さま、ありがとうございます。お為さんも」

どうにか礼を言ったものの、お雅の胸は恐ろしさでまだ大きく波打っていた。

ふたりがいてくれなかったらどうなっていたことか。そう思うとさらに膝まで震えてきた。

「なあに。災難だったね」

隠居はよっこいしょと立ち、土に汚れた裾《すそ》をはたいた。

お雅は寛太とお園に深く詫びた。

「わたしがしっかり身元をたしかめなかったばっかりに。ふたりに怖い思いをさせてしまって」

「女将さんが悪いんじゃないさ」

寛太は殴られてできた顔の痣《あざ》が痛いだろうに、お雅を慰めてくれた。お園は虎吉が戻ってきて上機嫌だ。

「でも女将さん、これからどうするんです」

お妙の視線を追って、みんなの目がお園の抱いている虎吉に集まった。

そうなのだ。事は無事に済んでよかったが、しかしまた振り出しに戻ってしまった。猫をどうしよう。

「ううっ、うっ、ううっ」

呻《うめ》きが聞こえた。こんどは何事かと辺りを見まわせば、隠居のうしろでお為が大きな体を丸め、泣いていた。

「お為、どうしたんだい」

隠居はぎょっとする。

「どこか痛むの」

お雅はさっきの男との対峙《たいじ》で、怪我をしたのかと思った。

お妙が急いでお為の手をとり、たしかめる。

お為はどこもなんともないと首をふった。ただ、虎吉を見ていると無性に悲しいのだと泣いた。

「どうしてお前がそんなに悲しむのさ」

言ってごらん。そんなにべそべそ泣いてちゃ、わからない。ほら早く。隠居にやいのやいの言われ、お為はしゃくりながらようやく口を開いた。

「虎吉はあたしなんです」

明樽問屋から暇を出されてから、お為は奉公先を探しまわった。しかしどこからもお前はいらないと断わりを言われつづけたという。

「ご隠居さまだけが、なんにもできないあたしをお側に置いてくださいました」

――年寄り独りの寂しい暮らしでよかったら、うちで働いてみるかい。

「うれしくて、うれしくて。ご隠居さま、あたしを置いてくださったように、どうぞこの虎吉もおそばに置いてやってくださいまし」

お為は、お願いしますと地面に両手をついた。隠居が立てと何度言ってもきかない。まったくとんだ強情張りだと隠居は呆れてみせたが、そりゃあ、わたいも嫌いじゃない。前は飼っていたことだってあるんだよと、ぼそりと言った。

「そうなんですか」

お雅とお妙は驚いた。

「けどね、こんな婆さんになると、そう容易く生き物は飼えないんだよ。こっちが先にくたばるかもしれない」

差配に猫を貰ってくれと頼んだときも、同じ事を言われたとお雅は思い出す。

「あたしがおります。あたしが最後まで面倒をみるとお約束しますですから、とお為は隠居を見つめた。

「ご隠居さま、わたしからもお願いします」

「あたしもです」

お雅とお妙はならんで頭をさげた。

「ご隠居さまぁ、お願いだよ」寛太がつづく。

「はい、どうぞ」

お園が虎吉を隠居へ差し出した。とっさに手が出たのだろう、隠居が猫を抱きとった。

「ああ、触っちまったじゃないか。我慢してたのにさあ」

隠居はしかめっ面だ。それでもぎこちない手つきで猫を抱え、そっとなでる。

虎吉が気持ちよさそうに喉をごろごろ鳴らしはじめた。

「そう、こんな手触りだったよ。懐かしい温もりだ」

隠居は長々とため息をついた。

「わかったよ。飼えばいいいんだろ」

「ご隠居さまっ」

みんなの声が重なる。お為は涙と洟でべしょべしょだ。

「あーあ、まったくなんて顔をしてるんだい」

隠居はお為を立たせるとお園に向きなおった。

「お園ちゃんていったかね、会いたくなったらいつでも遊びにおいで」

「いいの」

「ああ、いいともさ。寛太に連れてきておもらいな」

寛太はわかったと請合った。

「虎ちゃん、また会えるよ」

お園は虎吉のやわらかい毛に顔をうずめた。

「それからお為」

隠居の声が一転、厳しいものになった。

「へえ」

涙をぬぐっていたお為に緊張が走る。

「お前はさっき、なんにもできないと言ったが、それは違うよ。お菜もうまくなってきたし、さっきだって助けてくれたじゃないか。わたいにとって、お前はいい女中だよ。だからこれからもしっかりおやり」

「へえ！」

お為の目に新たな涙が盛りあがる。お妙は一緒になってもらい泣きだ。

いつのまにか辺りは暮れかかっていた。お雅は急いで軒行灯に灯を点す。

「ささ、ご隠居さま、お菜を選んでくださいましな」

隠居にかわって虎吉がミャーと鳴く。

みんなの笑い声が旭屋の見世先に響いた。

寒のもどり

一

二月になり、梅が見ごろになったところへ寒さがぶり返した。

寒の戻りというやつだ。今朝はとくにきつかった。なんせ薪が燃える竈《かまど》の前にいても、鍋からあがる湯気のように、お雅《まさ》の息も白く見えるのだから。

湯が沸いた。竈の薪を崩し火を弱める。これから出汁をとるのだ。

この正月は母の房《ふさ》と過ごした。そのとき房が拵《こしら》えた吸い物を味わったことで、己の汁に雑味があることに気づいた。それ以来、お雅は丁寧に出汁を引くことを心掛けている。鰹《かつお》の削り節を豪快に摑み、鍋にいれる。旭屋《あさひや》で主に使うのは濃いうまみが出る血合いありのものだ。削り節が湯に沈んでいくのをじっくりと待つ。

灰汁《あく》が出てきたら小まめにとる。削り節がすべて鍋底に沈んでしばらく。頃合をみて笊《ざる》でざっと濾《こ》す。引いた出汁は透きとおった黄金色で、よい香りだ。

「さあ、いいわよ」

お雅は流しの前にいるお妙《たえ》に声をかけた。

「はい」

お妙は下拵えした芋や人参や蓮根、蒟蒻《こんにゃく》を鍋にいれ、お雅に渡す。そこへお雅はとったばかりの出汁をひたひたにかぶるぐらい注ぐ。竈に据えたら味をつけてゆく。定番の朝餉《あさげ》のお菜の煮染めだ。

お雅は煮汁を小皿にとって味見する。

「もう気持ち濃いほうがいいわね」

片口の醬油をちょろりとかけまわす。味をたしかめてうなずくと、お妙が次の鍋を出す。そうやってひじきの炒め煮、味噌汁、煮奴《にゃっこ》と拵えてゆく。お妙は鍋に蓋をしたり煮奴のうえにのせる葱を刻んだりして、お雅の動きを目で追っている。

ひじきの炒め煮を大皿によそう。あとのお菜は鍋のまま、冷めないように竈や七輪に据えておく。干物を炙《あぶ》る焼き網が熱くなればお客を迎える支度は整った。

「見世開けよ」

「はい、女将さん」

お妙が表戸を開け、土間に床几《しょうぎ》をならべる。

お雅も旭屋の屋号が書かれた軒行灯を吊るしに外へ出た。

暗い通りに見世の灯りがこぼれ、道に霜柱が光っている。行灯をさげ、まだ明けきらぬ空を仰げば明け烏が飛んでいく。

今日も一日がはじまる。さあ、頑張ろう。

よしっ、と気合をいれて見世内へ戻ろうとしたときだ。つるりと足をとられた。

あっと思ったときにはもう遅く、体がうしろへ倒れてゆく。それでも咄嗟《とっさ》に手が出て見世棚を摑もうとしたのだが、これも間に合わず、却《かえ》って指を大皿に引っかけてしまい、どっしゃんがらん。見世の前に皿ごとお菜をぶちまけてしまった。

同時にお雅のほうも地面に思いっきり尻餅をついた。

「くうっ……」

あまりの痛みに息もできない。声もなく堪えるお雅の目の端に、地面にできた水溜りが凍てついて鈍く光っているのが映った。どうやらこれで滑ったようだ。

「女将さん！」

派手な音を聞きつけて見世から飛び出てきたお妙が、見世棚の下に倒れているお雅を見つけて駆け寄ってきた。

「すべっちゃった。せっかく、つくったお菜が……」

どうにか声が出た。

「もう、女将さんたら。そんなことよりお怪我はありませんか。あたしに摑まってください。立てますか」

お妙がお雅の腕をとって起こそうとしてくれたが、したたかに打った尻が痛い。それにどうやら左の足首もいためたようで、立ちあがろうとすると尻とはまた違った痛みが鋭く走った。

「くううっ」

呻《うめ》くお雅の額に脂汗が滲《にじ》む。

「ああ、どうしよう」

ふたりで地面にへたり込む。お妙はお雅の腕をとったまま涙声だ。

「そこにいるのはお妙ちゃんじゃねえか。そんなところでどうした」

暗い通りから声が聞こえた。いつも旭屋に一番乗りでやってくる大工の常吉《つねきち》だ。

「常吉さん、助けて。早く早く」

お妙の叫びに、常吉が慌てて駆けてきた。

「女将さん、いいですかい。そうっと、そうっとですぜ」

お雅は常吉とお妙の肩をかり、なんとか見世内へ戻ってきた。板敷きの縁に腰をおろすところだ。「うっ」座るだけでも痛い。

「すぐにお医者を呼んできます」

いまにも走っていきそうなお妙を、お雅は力の入らぬ声でとめた。

「朝餉にきてくれるお客さんを迎えるのが先よ。まずは片づけなきゃ。お妙、悪いけど見世前を掃除してちょうだいな」

「でも女将さん」

「ほら、早く」

お妙は心配しいしい、箒《ほうき》を手に外へ出ていった。

「常吉さん、ありがとう。助かったわ。朝餉はもう少し待ってね」

「そんなことはいいけどよ」

常吉はお雅の前にしゃがんだ。ちょいと触りますよと断わりを言って、お雅の左足の踵《かかと》を手のひらにのせ、履物ごとそっと持ちあげた。それだけのことなのに、お雅は痛みに顔をしかめる。

柱行灯の灯りに、足首が紫色に腫れあがっているのが見てとれた。

「こりゃあ、下手したら折れてるかもしれねえなあ。女将さん、やっぱり早くお医者に診《み》せたほうがいいですぜ。おいら、ひとっ走りいってくらあ」

常吉はお雅の足をまたそっと土間におろして立ちあがった。

見世先でお妙が常吉に礼を言っている。

折れてる……お雅は板敷きから動けぬまま呆然とした。

骨接《ほねつ》ぎだという、まるで牛蒡《ごぼう》のように細い風体の老医者は、お雅を板敷きに膝を伸ばして座らせると、足首を上下に動かした。そのたびにお雅は呻いた。見世先でひっくり返ったときに打った尻も痛いが、足首の痛みは時が経つにつれ、ひどくなっているように感じた。

「だ、大丈夫かよう」

朝餉にやってきた職人たちは飯どころではない。床几から腰を浮かせ、脂汗を流して顔をしかめるお雅におろおろだ。

「それで先生、女将さんはどうなんです」

横でお雅を支えてくれているお妙が、恐るおそる聞いた。

「ひどく挫《くじ》いたようだが、骨は折れとらんから安心せい」

老医者の診立てに、お雅はほうっと安堵の息をついた。

「よかったですね、女将さん」

お妙も表情を和らげる。見世内にいる一同も、やれやれと腰をおろした。

「だがな、三、四日は無理をしちゃあいかん」

老医者はお雅の足首に湿布を貼り、晒《さら》しを巻いて、治るにはさらに日にちがかかるだろうと言った。

「今日がいちばん痛むだろう。熱も出るやもしれん」

そのときに飲むようにと薬を置いて帰っていった。

職人たちもやっとこさ箸を動かし朝餉を終えて、「女将さん、大人しくしているんだぜ」と、それぞれの仕事場へ散っていく。いつもよりずいぶん遅くなり、お雅は板敷きで詫びながら男たちを見送った。

だから魚の棒手振《ぼてふ》りがやってきたのは、皆を送り出したすぐあとだった。

棒手振りはお雅の晒しに巻かれた足首を見て、どうしなさったと驚いたが、事情を知ると「そりゃあ災難だったなあ」と同情した。

「じゃあ、今日の仕入れはどうしなさる」

見世を休みなさるかと聞かれ、お雅は悩んだ。

この足では調理場に立ってお菜をつくるのは無理だ。

「そうね、そうするしかないわね」

それを聞いて、土間にかがんで盤台の魚を見ていたお妙が「ちょっと待ってくださいよ、女将さん」とお雅に顔をあげた。

「あたしがいるじゃないですか。いつも女将さんがお菜を拵えるのを見てますし、手伝ってもいますから」

だからお菜づくりはあたしにまかしてくれとお妙は言った。魚を指さし、「鰯は煮付に。烏賊は里芋と一緒に煮て」あとは青物の棒手振りから菜っ葉を仕入れて胡麻和えにしましょうと献立を整えていく。いつもよく拵えているお菜だ。

今朝引いた出汁もまだある。休むとなればこのまま捨てるしかなく、お雅だって惜《お》しい。干物を炙るのならまかせてもいいのだが。お雅は逡巡する。が、意を決して「わかったわ」とお妙に言った。しかしそのすぐあとに、「ただし」と言い添えた。

「味をつけるのはわたしがする。お妙には青菜と魚の下拵えをまかせるわ。どっちもよ。できる?」

「下拵え……。わかりました。はい、できます」

お妙は胸をどんと叩いた。それで見世を開けることが本決まりとなった。

「じゃあ、できたら教えてちょうだい。いいわね」

「合点《がってん》承知！」

魚屋から少し遅れてやってきた青物の棒手振りが「毎度ありー」と去っていくと、お妙はきびきび動いた。

「さあ、女将さんは横になってくださいまし」

二階にあがれないお雅のために、寝間にしている部屋から夜具をおろしてきて茶の間に延べる。

「なにも夜具まで敷かなくっても」

「だめですよ。さあ、横になってください。動けますか」

お雅は立て膝をついて茶の間へそろそろと這っていった。

「足を少しあげたほうが痛みは和《やわ》らぐって、あのお医者が言っていましたから。横になるとき、このうえにのせてください」

寝床に座したお雅の足許に、お妙は夜着を畳んで置いた。

「ありがとう。そらお妙、だいぶ遅くなったわ。昼のお菜の支度にとりかからないと」

「わかってますよ」

お妙は襷《たすき》をきりりと締めて調理場に立った。菜切り庖丁を手に芋の皮をむいていく。お雅は障子を開け放してある茶の間から、その様子を見守った。口も出た。

「大きい芋は半分に切って、味が満遍なく染みるようにそろえるのよ。それがすんだら魚だけど、鰯や烏賊は腸《わた》をとったら丁寧に洗って、それから青菜は――」

「根元に土が残っているから、これもよく洗うこと」

お妙がお雅の先回りをして言う。

「もう、みんなわかってますってば」

「ねえ、味つけは――」

「そのときになったら女将さんにお知らせします」

それまで大人しく横になっていてくださいましと、お妙は板敷きにあがってきて、茶の間の障子をぴたりと閉めた。

お雅は見世内へむけていた体を戻した。

「痛たた」

身じろぎするだけであちこちが痛い。尻だけでなく腰も打ったようだ。足首はまるでそこに心の臓があるかのように、ずっきん、ずっきん――うずいている。

それに、滲んだ汗をぬぐった額は熱かった。お医者が言ったように熱が出てきたようだ。傍らに置かれた盆には、薬に土瓶と湯呑みが用意されていた。

お雅は薬の包みをとり、温《ぬる》い湯で流し込んだ。するともうすることがない。しばらくぼんやりしていたのだが、やはり気にもなり、湯呑みを盆に置くついでに身を捻《ひね》って障子を細く開けた。

「痛たた」

お妙は芋の皮むきや青菜を洗うのは終えたようで、いまは流しで鰯を捌《さば》くのにとりかかっていた。手際に問題はないようだ。お雅は障子を閉め、体を戻した。

「痛たた」畳んだ夜着のうえに挫いた足を恐わごわのせ、寝床に身を横たえた。

ああ、動けないのがこんなにもどかしいとは。

お雅は明るい部屋の天井にむかって深いため息をついた。

そろそろ昼の四つ（午前十時）になろうか。路地裏で女たちのおしゃべりが聞こえる。そいじゃまたと去っていく。

ざるやみそこしー。あれは笊売りだ。

トントコ、トントコ。太鼓売りだ。そういえばもうすぐ初午《はつうま》だ。甲高くカタカタいっているのは、定斎屋《じょうさいや》の引出しの鐶《かん》か。目を庭側の障子にむけると鳥影が横切った。賑やかに囀《さえず》る。目白が隣の傘屋の敷地にある梅を啄《つい》ばみにきたのだろう。それとも旭屋の小さな裏庭に咲く山茶花《さざんか》か。部屋の長火鉢《ながひばち》の鉄瓶から、ゆるりと湯気がのぼる。ときどき炭がぴんっと鳴る。

お雅の瞼《まぶた》がしだいに重くなっていった。

二

下拵えをと言われてちょっとがっかりしたが、それでも魚までひとりでまかされたのははじめてで、お妙は張り切った。

芋や青菜の下拵えは、いつもやっているからお手のものだった。鰯や烏賊だって、きれいに捌けた。烏賊の吸盤の汚れをとるのに手間どったが、丁寧に洗って、水気もふいた。胴を輪切りにする。

「ほら、どんなもんよ」

それぞれの材をいれた笊を眺め、我ながら手際よくできたと悦にいり、

「女将さん、下拵えができましたよ」

と、茶の間のお雅を呼んだ。

「どんなもんです。見てくださいよ。あたしもなかなかやるもんでしょ。味つけをお願いします。女将さん、女将さんったら」

だが何度呼んでもお雅から返事はなく、お妙は板敷きにあがって障子を開けた。

「女将さん、下拵えができ――」

お雅は眠っていた。

「起きて味つけを」

そばにいき声をかけた。お雅は赤い顔をしていた。ふれた額は熱かった。

どうしよう。起こしたほうがいいんだろうか。でも――。

お妙は調理場を見返した。もう味をつけて煮たり和えたりするだけだった。

よ、よし。あたしが味もつけよう。お菜をつくろう。

そう決めて、お妙は茶の間をそっと出て障子を閉めた。

できると思った。下拵えも難なくこなせたし、味をつけるのだって女将さんがするのを毎日この目で見ている。それに女将さんだって前に言っていた。

味さえ覚えたら、いれる分量もわかるようになるから――って。女将さんの料理ならいつも食べている。

「お為ちゃんだって」

――すごいなあ、お妙さんはもう一人前なんですねえ。

そう言ってくれたもの。そのお為もご隠居さまのお菜をつくっている。お為にできて、あたしにできないはずがないではないか。

お妙にむくむくと自信が湧いてきた。

できあがったお菜を見たら、女将さんはなんて言ってくれるだろう。

「まあ、お妙、お前もやるじゃないか。なんてね」

お雅に褒められている自分の姿を思い描き、にんまりだ。

「女将さん、みていてくださいよ」

お妙はお雅がそうするように、前垂れの紐をきゅっと締めなおした。

「まずは鰯の煮付から」

お雅の手順を思い出す。お妙は平鍋に経木《きょうぎ》を敷き、鰯をならべる。

「それからお酒をふり」

酒の徳利を抱え、鍋にどぼどぼっといれる。それから水をたし、

「次に味醂を」とろとろ。

「そして醬油を。女将さんはいつもこれぐらいかな」

お妙は片口に入った醬油をまわしかけ、鍋を火にかけた。煮立ってきたら、

「どれどれ」

小皿にとって味をみた。首をかしげる。

「もうちょっと醬油かな」

もうひとまわし。そしてまた味見する。

「も、もうちょっと……かな」

醬油をさす。ふたたび味をみる。

「……魚から出汁も出て、もっといい味になるって女将さん言ってたし。そうそう、くさみ消しに生姜をいれなきゃ。あとあれも」

千切りにした生姜を散らし、種をとった梅干を三粒いれ、木蓋をして煮ていく。

「そうだ、青菜の胡麻和えもだ。湯がかなきゃ」

土間の七輪で湯を沸かす。芋と烏賊の煮物にもとりかかる。切った芋、輪切りの烏賊を鍋にいれ、出汁を注ぐ。これも酒に味醂に――。

味をつけていたら鰯を煮ている鍋が噴きこぼれた。

「ちょっと待って待って」

急いで火を弱め、鍋の蓋を開ける。

「よかったぁ。焦げてない」

しかしいつもの見慣れた色合いではない。煮汁を匙《さじ》で掬《すく》って口に含んだ。

「からっ」

塩辛かった。醤油をいれ過ぎた？　あとから梅干をいれたせい？

「やだ、どうしよう」

お妙は匙を握り締めたまま茶の間へ振り返った。

やっぱり女将さんを起こそうか。

閉まった障子を見つめ、土間をすすんだ。障子が近づくにつれ、
まあ、お妙、お前もやるじゃないか。

お雅に褒められる自分が霞《かす》んでいった。

「そうだ、薄めたら」

お妙は足を水瓶にむけた。柄杓《ひしゃく》で水を鍋に注ぐ。揺らして馴染ませ、味をみる。

薄くなり過ぎたような、まだ濃いような。よくわからない。

隣の煮物の鍋がくつくついっていた。

こっちは味つけの途中だったんだ。酒と味醂はいれた。あとは醤油を。

片口をとった手がとまった。

こんども濃くなってしまったらどうしよう。

そう思うと怖くて醬油がいれられない。

お妙はまた白い障子を見やった。

女将さん――。

鍋のくつくつと煮立つ音が、早くしろ早くしろと言ってるように聞こえてくる。

お妙は鍋に目を戻し、少しずつ醬油をさしていった。そのたびに味をみた。

もうなにがなんだかわからなかった。胡麻和えの塩梅も。

それでもお菜はなんとかできあがった。

食べてもみた。女将さんのようにはいかなかったけど、まずくはないと思う。

思うけど……。お妙はかけていた襷をとった。顔や首に流れる汗を袖でぬぐい、
ふたつの鍋や胡麻のついた擂鉢《すりばち》を見おろした。

「よう、今日はどうした。お菜がならんでねえじゃねえか」

突然声をかけられ、驚いて振り返ったら、見世先に常連の櫛職人が寒そうに立っていた。手に皿を持っている。

もうそんな時分……。見世棚にいき、身を乗り出して空を見あげた。

陽は真上にきていた。すでに昼であった。

「おや、女将さんは」

「それが」

見世内にお雅の姿を探す職人に、お妙は事情を話した。

「そいつぁ、気の毒に」

「それで今日はあたしがひとりで切り盛りしているんですよ」

「はあ、できるのかよう」と職人は大げさに鼻を鳴らした。

はなから無理だと言わんばかりの男の態度に、お妙はむっと腹が立った。

「できますよ。ちょうどお菜ができあがったところなんですから。ちょっと待っていてくださいよ。いまならべますから」

お妙は胡麻和えを大皿に盛って見世棚に出した。ふたつの鍋を棚横の七輪に据え、蓋を開けて男に見せた。

「へえー、大したもんじゃねえか」

ふわりとあがる湯気に目を細め、職人は素直に驚いた。そんな男を見ていたら、お妙のなかで腹立ちはすぐに誇らしさへとかわっていった。どんなもんだと言いたいところを、鼻をつんとうえにむけるだけにとどめ、

「今日は鰯の煮付に烏賊と芋の煮物、青菜の胡麻和えです。なんにします？」

と聞いた。

「そいじゃあ、煮物をもらうよ」

皿を受け取り、お妙はお菜をよそい、職人へ渡した。

「熱いうちに召し上がってくださいな」

「はは、女将さんみてえだな」

職人は銭を払い「うまそうだ。ありがとよ」と手をあげて帰っていった。

やった。お菜を買っていってくれた。お為ちゃんが言ってくれたように、あたしはもう一人前だよ。お妙は天にも昇る思いで胸の前でぎゅっと指を組んだ。

昼を過ぎてから冷たく乾いた風が吹きはじめた。それでもお客はぽつりぽつりときてくれた。はじめてのお客もいた。

「へえ、こんなところに煮売屋ができていたのかい。知らなかったよ」

鋳《い》掛《かけ》屋だという男は、出先で弁当をつかわせてもらうんだが、そのときのお菜にと煮付を注文してくれた。首に寒さ除けの手拭を巻いた男は、ここに詰めてくれと竹で編んだ弁当の蓋を開けた。お妙は白飯のうえに鰯をのせた。濃い煮汁が飯に染みていく。

「女将さん」

昼の八つになり、こっちも昼餉にしようと茶の間をのぞいた。お雅はまだよく眠っていた。お妙は握り飯をふたつ拵え、皿をお雅の枕元へ置いた。お妙のほうは板敷きで茶漬けをかっこんだ。

「そうだ、そろそろ夕河岸から魚の棒手振りがくるころだ」

飯をすませて見世棚へいき、鍋の蓋を開けた。大皿も見た。どのお菜もまだたんとあった。寒いと客足は鈍いもんね。こんなとき女将さんならどうしなさるだろう。新たなお菜をつくりなさるだろうか。通りは、かわらず冷たい風が吹いている。

お妙はこのお菜を売り切ることが肝心と考え、やってきた棒手振りから明日の干物にする鰯だけを仕入れた。

魚を捌いてお雅がしていたように塩水に漬け、笊にならべていたら、あっという間に時は過ぎていった。

「女将さん、あたし夕方も頑張りますよ」

お妙は夕方のお客を迎えるため、軒行灯に灯を点した。

風のなか身を縮めてやってきた長屋のおかみさんたちは、すぐにお雅がいないことに気づき、どうしたと尋ねてきた。

「お妙ちゃんだけかい」

お妙は今日何度目かになる朝からの出来事を語って聞かせた。

「おやまあ、そりゃ難儀だねえ」

「じゃあ、女将さんは？」

「朝から茶の間で横になってます」

「そいじゃあ、これみんなお妙ちゃんが拵えたのかい」

おかみさんたちはお菜に目を見張った。

「はい、品数は少ないですし、女将さんのようにはいろいろいきませんけど」

「いやいや、大したもんだよ。じゃあ買わないとねえ」

おかみさんたちは皿や小鍋を出して、煮付だ、あたしゃ烏賊のほうをもらうよと注文する。

「ありがとうございます」

お妙は次から次へお菜をよそい、渡していった。自分の拵えたお菜がどんどん売れてゆくさまを、お妙はお雅にも見てもらいたかった。

そしたらきっと女将さんも――。

三

目を開けたとき部屋のなかは薄暗かった。曇ってきたか。路地裏から子どもたちの遊ぶ声が聞こえる。おや、手習いはどうした。今日は休みの日ではあるまい。お雅はのっそりと身を起こした。髪をなおしていると薬の盆とは別に、枕元に握り飯がふたつのった皿が置かれているのに気がついた。その握り飯がすっかり乾いているのを見て、お雅ははっとした。わたしったら——。

薬のせいだろうか、いつの間にか眠ってしまっていた。それもずいぶんと長く。

薄暗いのはもう——。

お雅は片足でにじって、障子を開けた。

外はすでに夕方の気配を漂わせていた。旭屋の軒行灯の灯も点り、長屋のおかみさんたちがお菜を買いにきていた。見世棚には大皿がひとつ。横の七輪には二つの鍋があり、湯気があがっている。

「女将さん」

お妙が気づいて振り返った。どうだと言わんばかりの笑みだ。

お雅は板敷きへそろそろと這って出た。

「ちょいと大丈夫かえ」

長屋のおかみさんたちが見世棚から首を伸ばし、事情はお妙ちゃんから聞いたよと声をかけてきた。大変だったねえ。お雅の晒しが巻かれた足を見て気の毒がり、無理をするなと労わってくれる。

「お妙ちゃんが頑張っているよ。頼もしいじゃないか。褒めておやりよ」

「ほんにねえ。なに、少し煮崩れていてもそこはご愛嬌ってなもんさ」

「そうそう」

「ありがとうございます。ええ、痛みもだいぶましになって」

お雅は横座りに礼を言って、娘に目を戻した。

皆が帰り、誰もいなくなってから、お雅はお妙にこっちへおいでと土間に呼び、正面に立たせた。

「味つけは、わたしがすると伝えていたはずだよ。下拵えができたら教えてくれと。なぜ教えてくれなかった」

声が尖る。

「女将さん、寝ていらしたから……」

「お妙っ」

お妙の手が前垂れをぎゅっと摑んだ。

「起こさなかったのは悪かったです。勝手をしたのも。けど昼のお客さんだって、さっきのおかみさんたちだって、みんな買っていってくれました」

「お妙……。お菜を持っといで」

「はいっ」

お妙は皿によそって盆にのせ、お雅の前へ出した。

お菜を目にしてお雅の眉根がくっと寄った。口にしてさらに寄る。

鰯の煮付は塩辛く、強火で煮たのか身が固かった。一方の里芋と烏賊の煮物は薄い。おまけに芋は少しどころではなく煮崩れていて、煮汁は濁ってどろどろだ。青菜の胡麻和えも水っぽい。

「お前はこれをうまいお菜だと胸を張って言えるのかえ」

お雅は箸を置き、「お妙いいかえ、よくお聞き」とお妙を見据えた。

「お菜はね、見世棚にならべたらもう商い物なんだよ。長屋のおかみさんたちや、常連のお客さんなら、いつものお菜とは違うとわかってくれる。事情を知ればわたしを不憫《ふびん》がり、お妙がひとりで拵えたと言えば、お妙ちゃんよく気張ったねと買っていってもくれようし、味だって仕方がないと大目にみてもくれよう。だがね、はじめてのお客には、これが旭屋の味になるんだよ」

お妙がはっと目を大きく見張った。

「女将さん、あたし……」

「今日はもう見世を閉めてちょうだいな。早くっ」

「……はい」

お妙はうなだれる。

そこへ「雅ちゃんいるかーい」と呑気な声がした。元舅の久兵衛《きゅうべえ》が磯谷《いそや》と見世先に立っていた。久兵衛が見世内へ入ってくる。これからふたりで飲みにいくのだとご機嫌だ。

「最近俳句に凝っておっての。どんなお題にするか、先生にちょいとお知恵をかりるんじゃ」

その前にこれを届けにきたと、土間に佇《たたず》むお妙に蜜柑《みかん》の籠を掲げた。

「お妙や、好きだろ。おやどうした、いまにも泣きそうな顔をしてからに」

お妙の唇が戦慄《わなな》く。

「……女将さん、ごめんなさい」

そう呟くとお妙は身を翻《ひるがえ》し、見世から飛び出した。

「お妙、待って」

咄嗟に立とうとして、お雅は足の激痛に呻いた。

「雅ちゃん、その足どうしたんだい」

驚いている久兵衛に、お雅は半ば叫ぶように言った。

「お舅《とう》さん、お妙を追いかけてくださいまし」

お雅の声に磯谷が走った。

「——そりゃあ、どっちも災難だったなあ」

お雅から事情を聞き、見世の表戸を閉めてくれた久兵衛は、土間の履物に足をおろしたお雅を助け、立たせてくれた。

お雅は近くの柱に摑まった。ふと見た流しには笊が置かれていて、もう干したらいいばかりの鰯がならんでいた。

「あの娘《こ》ったら、明日の朝餉のことまで……」

お雅は見世内を見まわした。今日一日、ひとりで奮闘した娘の姿を想像する。

「わたし、お妙にきつく言い過ぎました。見世のために頑張ってくれたというに、礼も言わず、褒めも労いもせず」

「まあなあ。だが、しっかり教えななならんこともある」

久兵衛が柱行灯を点した。それでお雅は辺りの暗さに気がついた。表戸は閉めたが、ひとつだけ開けていた見世の戸口から、さっきまで弱い西日が差し込んでいたのに、いまはその陽射しもなく、黒い土間があるばかりだ。

日が傾きはじめると早く、外はもうすっかり暮れていた。それと同時にぐんと寒くもなってきた。

「あの娘ったら、どこへ行ってしまったのかしら」

お雅は若い娘の身を案じた。

「なに、先生がすぐに追いついて連れ戻してくれるよ」

しかし、じっとしていられない。

「お舅さんお願いします」

お雅は久兵衛の手をかりて表へ出た。見世の板塀を支えに、まだ消していない旭屋の軒行灯のそばに立ち、お妙が走っていった暗い通りの先を見つめた。

四

お妙は暮れた町を走っていた。涙に濡れた頰が冷たい風に打たれ、痛い。

それでも京橋川に沿ってまっすぐ延びる道を荒い息を吐き、川をくだるように走った。早いところでは大戸をおろしはじめている店もある。寒くていっそう暗い通りには人影もまばらで、ときたますれ違う者が、ひとり走る若い娘に提灯《ちょうちん》を掲げて何事かと怪訝《けげん》そうに振り返る。お妙の足はとまらない。

町家が途切れ、京橋川が大川へぶつかる手前の稲荷橋まできたとき、強い力で腕を掴まれた。ぎくりとして振り返れば、磯谷がいた。

「お妙は足が速いな」

掴んだ腕を離し苦笑いする磯谷も、ぜいぜいと荒い息を吐いていた。

「なにがあったんだ」

磯谷は、まだ灯りがある貸本屋の前までお妙を引っぱっていき、話してごらんとお妙の顔をのぞき込んだ。穏やかで温かな眼差しに、体の強張りがほんの少し緩み、お妙は今日の朝からの顚末《てんまつ》をぽつりぽつり語った。

「笑っては悪いがな」

お雅が凍てついた水溜りで足を滑らせたことに磯谷は笑い声を洩らし、お妙がひとりで調理場に立ったと知ると、ほう、と感心した。

「ひとりでお菜をつくったとは、大したものではないか」

お妙はぶんぶんと首を横へふった。

「あたしにまかされたのは下拵えだけだったんです。味をつけるのは女将さんで、支度ができたら呼ぶはずでした」

向かいから吹く風にお妙のほつれ毛は流れ、貸本屋の暖簾《のれん》は音を立ててはためく。潮の香りが強い。大川といってもその先はもう海であった。

あたしできると思ったんです、とお妙はつづける。

「煮炊きの手順だって、味をつけるのだって、わかっているつもりでいました。でも女将さんのそばで見てるのと、実際ひとりでやってみるのとでは大違い。とくに味をつけるのなんて、鍋に醬油をさすたび、味見をするたび、どんどんわからなくなって。だから女将さんを起こそうとも思ったんです」

「けど起こさなかった」

お妙はうなずいた。

どうしてと磯谷は問う。

「あたし……できるところを見せたかった。旭屋の、女将さんの役に立つところを見せたかった。褒めてもらいたかった」

だからお菜ができたときはほっとした。お客がきて、勢い込んで見世に出して。

——大したもんじゃねえか。

——はは、女将さんみてえだな。

——うまそうだ、ありがとよ。

「言われているうちに、お菜の味に悩んでいたことなんて頭からなくなっちゃいました。ううん、あたしはうまくつくれたんだって。もう一人前なんだって。きっと女将さんだって認めてくれる。下拵えができたとなぜ教えてくれなかったと怒られても、お菜を口にした女将さんの顔を目にしても、そう思ってました」

だけど、とお妙は声を詰まらせる。

「女将さんにうまいお菜だと胸を張れるかって問われ、買ってくれたのはみんなのやさしさだって知って、はじめてのお客にはこれが旭屋の味になるんだって言われて——」

お妙にかかっていた呪《まじな》いが解けた。

「あたし、とんでもないことをしてしまった」

お妙は両手で顔を覆った。

「お妙は十分に旭屋の役に立っておる。なにも焦ることはない」

磯谷がお妙の震える肩に手をおいた。温もりが伝わってくる。

「先生ぇ。ううっ、ううっ」

「ほら泣くな、顔をあげて見てみろ」

磯谷は橋のうえへお妙を連れていき、大川を指さした。風が吹きすさぶ暗闇のなかに、小さな火がいくつも見えた。揺らめく炎はなんとも幻想的だ。

「あれは」

「白魚漁《しらうおりょう》のかがり火だ」

「きれえ」

「そうだな。あれを見ると春がきたなと思う」

あの火に誘われた白魚を、漁師たちは四手網《よつであみ》で獲るのだと磯谷は教える。

「それにしても冷えるなあ」

磯谷がぶるりと身を震わせた。

「さあ、帰ろう」

「あたし、帰ってもいいんでしょうか。許してくれるでしょうか」

お雅が大事に育ててきた旭屋に傷をつけてしまった悔恨が、大川から吹く風よりもお妙を冷たく包んでいた。

「当たり前だ。お雅どのが首を長くして待っておるぞ」

貸本屋が店を閉めたようだ。辺りはいっそう暗くなった。

「ほら行くぞ」

磯谷がお妙の腕をとって歩きだした。お妙は来た道を重い足どりで引き返す。

一歩踏みだすごとに、お妙は心のなかでお雅に詫びた。

ごめんなさい女将さん。ほんとうにごめんなさい。

お為ちゃん、とお妙はお為にも語りかける。

あたしぜんぜん一人前じゃないよ。それがよくわかった。

「先生、あたしもう無理に背伸びなんかしない」

あたしもお為ちゃんのように、少しずつできることをふやしていく。

そしていつか――。

「あたし、女将さんのようになりたい」

「おう、よく言った」

磯谷がお妙の腕から手を離す。

「さあ急ごう」

お妙はひとりで歩いた。まっすぐ前を見て旭屋へずんずんと。足が速まる。

五

旭屋の軒行灯の灯が、お雅の青白い面輪《おもわ》を照らしていた。

もうどれぐらいここに立っているだろう。久兵衛が綿入れ半纏を着ろと肩に羽織らせてくれたが、いまのお雅には寒さなど感じなかった。ただただ、お妙が案じられた。どこにいるのと天を仰げば、薄い雲が風に流れ、星ぼしが瞬《またた》いていた。

かかかっ、と下駄の音がした。

「お妙、お妙なの」

お雅は暗がりに娘の名を呼んだ。

「女将さん」

灯りに照らされたお妙が、お雅の胸に飛び込んできた。

「痛たた」

「ごめんなさい、大丈夫ですか」

「こんなに冷えてしまって」

お雅は娘の体をさすった。

「女将さん、勝手をしてごめんなさい。どうぞあたしを許してください」

お妙の泣きはらした目が必死にお雅を見つめる。

「わたしのほうこそすまなかったね。ひとりで頑張ってくれたというに、礼も言わず、きついことばかりお前に言ってしまった。勘弁しておくれ」

旭屋の表の開いた戸口から、久兵衛がひょいっと顔を出した。

「おっ、戻ってきたな。先生、世話になったね」

久兵衛は表に出て、灯りに近づいてきた磯谷に礼を言った。

お雅も深く頭をさげた。

「ほんに、磯谷さまにはなんとお礼を申しあげてよいやら」

「いやいや、お妙のお陰で白魚漁のかがり火を眺められました」

きれいでしたとお妙も言う。

「お妙ったらそんなところまで行ってたの」

「久兵衛どの、俳句のお題ですが、かがり火はいかがでしょうな」

「ほう、先生、結構ですな。しかし先生、わしゃあ、まずは白魚できゅっと一杯のほうがええのう」

久兵衛は酒を呑む仕種をする。

「それは拙者も同じでござる」

男たちは朗らかに笑う。

「おおっ、寒うてかなわん」

久兵衛は軒行灯をはずした。

「さあ、雅ちゃんもお妙も、いつまでも突っ立ってないでなかに入ろう。飯の支度ができとるぞ。お妙が拵えたお菜での夕餉じゃ。先生も食べていっておくれ」

「それは是非に」

磯谷はよろこんだ。しかしお妙は目を剝いた。

「大旦那さま、いけません」

食べてくれるなと眉をさげる。

「不味いですよう」

「なにを言うか。お妙がはじめてひとりで拵えたお菜じゃ。いただかねばの」

「ああ、そうだとも」と磯谷も大きくうなずく。

「女将さーん」

お妙がとめてくれとお雅に縋《すが》る。お雅はくすりと笑った。

「ほらお妙、なかに入るのを手伝ってちょうだいな」

「女将さんたらぁ」

お雅はお妙に支えられて戸口をくぐった。

ふたりでなかに足を踏み入れたとき、お妙が小さな声で言った。

「ただいま」

「お帰り、お妙」

お雅はお妙の手をしっかり握った。


翌朝、薄暗い板敷きで、お妙は擂鉢で胡麻を擂《す》っている。

「そう、胡麻から油が出てきたでしょ。もっと擂って、練り胡麻にするのよ」

白い息を弾ませ、お妙は「はい」と返事をする。額に汗が光る。

昨夜久兵衛に、明日からどうするのだと聞かれた。まだその足では出汁を引くのも、調理場に立つのも難儀だろうと。しかしお雅には考えがあった。

白和え、味噌田楽。これなら出汁を使わないし、板敷きに座ってできる。

胡麻がとろりとなってきた。

「さあ、もういいわ」

別の擂鉢には、水を切った豆腐が入っている。ここに砂糖、醬油、そして練り胡麻をいれる。これが白和えの衣となる。

お妙が匙で砂糖をいれ、片口の醬油を手にする。

「醬油はほんの少し。そっ、それぐらい。練り胡麻をいれ、擂り粉木《こぎ》でなめらかになるまで擂り混ぜて」

「はい、女将さん」

混ぜたら小皿にとって味をみる。

「どう？」

「ちょっと薄いような」

ここには細切りにした油揚げに人参、蒟蒻をいれる。酒と醬油で煮て、煮汁をきって冷ましたものだ。

「だからこれにも味がついているでしょ。衣はちょっと薄いぐらいでちょうどいいのよ」

「なるほどお」

お妙は神妙にうなずく。

和えてみて、味をみる。

「ほんとだ。ちょうどいいです」

「でしょう」

白和えを大鉢にこんもりとよそえば、お次は田楽の味噌だ。

小鍋に味噌、卵、酒、砂糖をいれ、火にかけて木べらで練っていく。

「火加減は弱火で。鍋の縁についた味噌もこそげて練るのよ」

お妙は土間の七輪の火加減をみて、すばやく腕を動かす。艶が出て、木べらで練って鍋底が見えるぐらいの堅さになれば、

「うん、いいわね。指にとって味をみてごらんなさい。熱いからね」

お妙は味噌をつけた指をぺろりと舐める。

「おいし」

もうひと舐《ねぶ》り。

「ふふ、みんなどんな顔をするかしらね」

いつもと違う朝餉のお菜だ。

「きっとびっくりしますよ」

お雅もお妙もにっこりだ。

朝はやはり熱い汁がほしい。今朝は蜆《しじみ》売りを呼びとめて、蜆汁だ。貝からよい出汁が出て、それだけでうまい。

「うめえなあ」

朝餉にやってきた職人たちは、熱々の蜆汁をすすり、これまた熱い田楽を頬張り、白和えを口にして、うめえうめえとよろこぶ。昨日お妙が拵えた鰯の一夜干は、味見ということで振る舞った。

「おいら今朝は旭屋の飯が食えねえと、半ばあきらめていたんだぜ」

「おうよ、昨日の様子じゃ、そうとう痛そうだったもんな。それがまさか、こんなうめえ飯が出てくるとはな」

職人たちは旭屋が開いているのに驚き、お雅が板敷きの縁に腰掛け、土間の七輪で味噌田楽を炙っているのにまた驚き、どうした、大丈夫か、無理をすんなよと気遣ってくれた。今朝は常吉が飯や汁をよそうのを手伝ってくれている。

「今朝のお菜はね、お妙が味をつけたんですよ」

男たちは「おおっ」と声をあげる。

「あたしは、女将さんに加減を教えてもらいながら味つけしただけです」

ひとりでしたんじゃありませんよと、お妙は顔の前で手をふる。

「あれだろ、おいらが親方の仕事を見たり、ちょいと手を添えてもらいながら覚えていくのと同じだろ」

職人たちは、みんなそうだと口々に言う。

「そうやってさ、ひとりでできるようになっていくもんだぜ」

「料理だってそうだろ。ある日気づきゃあ、女将さんの味をしっかり受け継いでいるって寸法よ」

ほんとうにそんな日がくるのかと目で問うてくるお妙に、お雅はそのとおりだと目でこたえてやった。娘の顔がぱあっと輝く。男たちを見まわして声を張る。

「ほらほら、早くしないと仕事場に遅れちまいますよ」

「そら、その口つきときたら、もう女将さんそっくりだ」

昼の見世棚にも白和えと蜆汁がならぶ。新たに青菜の胡麻和えも拵えた。

お雅は土間の七輪で田楽を炙る。よい色合いになってきた田楽を眺め、お雅はふと今朝のお妙との会話を思い出した。あのときもお雅が土間で田楽を炙り、お妙は横で職人たちに振る舞う鰯を炙っていた。まだ少し元気のないお妙に、干物を焼くのが上手だ、お前にまかせられるよと褒めてやった。お妙は、駄目ですよ女将さん。そんなこと言われたらまた調子にのっちゃいますから、と恥ずかしそうに笑っていた。

今朝のように、そろそろいろんなことを教えてやろうとお雅は思う。出汁の引きかた。干物のほかの魚の焼きかた。味つけ。料理茶屋なら板場の厳しい決まりがあるが、ここは煮売屋だ。仕来《しきた》りにとらわれず教えていこう。

「でもあの娘ったら、さっきからなにやってるのかしら」

お妙は昼になると見世先に出て、しきりと通りの左右を眺めていた。

そのお妙が「女将さん」と見世内へ駆け込んできた。

「いま手前の道を曲がったお人、あれは昨日の鋳掛屋さんです」

お妙は、ほんとうの旭屋の味を知ってもらいたいから連れてくると言って、今度は外へ駆け出していった。

お雅は七輪にもうふたつばかり田楽をのせた。詫びのしるしに食べてもらおう。炭の火が小さくぽっとあがった。昨夜、お妙が眺めたというかがり火のようだと思い、お雅はふっと笑んだ。今夜あたり「雅ちゃーん。食べさせておくれよう」と久兵衛が白魚を携えて磯谷とやってくるかもしれない。

そういえば白魚は旭屋ではまだ扱ったことがない。どんなお菜がいいか考えてみよう。酢の物、卵とじはどうだろ。白と黄色できれいだ。天ぷらにするのもいい。でも透きとおった小さな魚に、お妙はかわいそうだと騒ぐかもしれない。

お妙の明るい声が段々と近づいてきた。

お雅は七輪の田楽を「よっ」とひっくり返した。

別れのやきまんじゅう

一

二月も半ばになった。きつい寒の戻りもなく、吹く風もひところのような突き刺す冷たさではない。日は少しずつ長くなり、夕七つ（午後四時）の鐘が鳴ったいまも、外はまだ明るい。夕餉《ゆうげ》のお菜を買いにきている長屋のおかみさんたちは、寒さにかじかむことなくおしゃべりに興じている。あちこちで彼岸桜が咲きはじめたようだ。

「まあ、もうですか」

お雅《まさ》はおしゃべりの相手をしながら天ぷらを揚げていた。蕗《ふき》の薹《とう》だ。隣でお妙《たえ》が花の蕾《つぼみ》や葉に打ち粉をする。それにお雅が衣をつけ、油へ落とす。

葉が踊り、揚げ音が高くなったらさっと引きあげる。

「ああ、いい匂いだ。いつまでもしゃべってないで、こっちもそろそろ今晩のお菜を決めないと叱られちまう」

「ほんとだ。なんにしようかねえ」

おかみさんたちの目が見世棚に戻る。

寒いさかりのときは煮物など七輪《しちりん》で温め、熱いのを買ってもらっていたが、寒さが緩んでからは、以前のように大皿によそっている。今日は煮染めに鰯《いわし》の煮付、きんぴら、それと蜆《しじみ》と芹《せり》の胡麻和えだ。ふっくりとして旨みのぎゅっと詰まった蜆と芹のほろ苦さは、蕗の薹とともにまさに春の味だ。

「どれもおいしそうだ」

「お妙ちゃん、あたしゃこの胡麻和えを、いや、こっちの。ああ待って、やっぱり天ぷらにするよ」

「はいはい」

お妙は菜箸《さいばし》を手に見世棚のうちを右往左往だ。

「なんだい、はっきりしないねえ。あたしゃこの、いやこっちのを」

「あんただって、同じじゃないか」

おかみさんたちは、なかなか決められない互いを冷やかす。

「仕方ないよ、懐具合で買えるお菜はひとつきりだ。迷うのも道理さ」

「はは、そうそう。迷わない者がいたら教えてほしいぐらいだ」

「いやいや、いるじゃないか」

おかみさんのひとりが言ったときだ。お妙が爪先立ちして見世棚から身を乗り出した。

「噂をすればなんとやらですよ」

お妙は、ほら、と打ち粉のついた白い指で通りをさす。おかみさんたちの目が一斉に指を追った。

男が真福寺橋のほうから歩いてくるのがお雅にも見えた。

ひょろりと細い体に、継ぎのあたった袷《あわせ》を尻っ端《ぱしょ》折りし、下は股引《ももひき》だ。背を丸めてこっちへやってくる。

男は女たちに見られていると気づいたようだ。

「やあやあ、みなさんお揃いで。こりゃあ、いずれ菖蒲《あやめ》か杜若《かきつばた》ときたもんだ」

手をあげ、へらへら笑って寄ってきた。

平六《へいろく》という、四十前後だろう、調子のよい男であった。

「女将さん、煮染めをおくれ」

平六は棚のお菜をろくに見もせず、お雅に注文した。そのとたん、男をじっと注視していたおかみさんたちの間から、わっと笑いが弾けた。

「でたよ、でたでた。平さんの煮染め」

「そうそう、平さんがいたよう」

「だろう」

そう、平六はどんなにお菜がならんでいても、煮染めしか買わない男であった。おかみさんたちと一緒になって笑っているお妙など、陰で平六のことを「煮染めの平さん」なんて呼んでいる。

「たまにはほかのものを頼もうとは思わないのかえ」

涙を滲《にじ》ませ笑うおかみさんたちに、平六はまいったなあと頭を掻いた。

「だってよう、煮染めならいろいろ食えるだろ」

人参に蓮根、蒟蒻にと指を折る。ひとつのお菜に入っているからいいと言う。

「お得ってことかい」

女たちは腹を抱えてますます笑う。

「それに買うものを決めてりゃあ、お菜でいちいち悩まなくていいだろ」

「なに言ってんだい、それが楽しいんじゃないか」

こんどは呆れてみせるおかみさんたちに、平六はお決まりの笑いをへらり、だ。

「平六さん、これぐらいでいいかしら」

天ぷらを揚げ終え、お雅は平六のために経木《きょうぎ》に盛った煮染めを見せた。

「おう、じゅうぶんだ」

平六は胴巻きの巾着から銭を払い、煮染めを受け取ると「そいじゃあ、どちらさんもお先に」と帰っていった。

「平さんはどこで働いているんだろうねえ」

天ぷらを注文したおかみさんが、三十間堀《さんじっけん》一丁目のほうへ歩いていく平六を眺めて呟いた。

お雅は、さあ、と首をひねった。

「おや、女将さんも知らないのかい」

「ええ」

平六は一昨年の冬、この旭屋《あさひや》をはじめたころからの常連だった。とはいっても毎日ではなく、三日か四日に一度やってくる客だ。あのとおり調子がよくて愛想《あいそ》もいいが、話が自分のことになると茶々を入れて混ぜっ返す。

「お菜を買っていくってことは、独身者《ひとりもん》なんだろ」

「さあどうだか。尻に敷かれて買ってこいと言われているのかもしれないよ」

おかみさんたちは詮索し、ありえるねえ、とけらけら笑う。

「まあ、どっちにしろ、ありゃあ人足《にんそく》なんだろうけどさ」

結局、誰も平六がどこで働いていて、どこに住んでいるか知らないようだった。


「ちょいとお妙、油を注文してくるから留守番を頼むよ」

お雅は梯子段《はしごだん》の下から二階へ声を張った。

よい陽気で外出《そとで》の者が多かったのか、今日は早々に昼のお菜が売り切れた。お雅たちが賄《まかな》いを済ませても、夕方の仕込みまでにはまだたっぷりと間があった。こんなことは滅多にないので、お妙に部屋の掃除を言いつけていた。布団も干しているのだろう、ぱんぱんと叩く音がする。お雅はお雅で、調味料があるか確めていた。砂糖や塩や酒に不足はなかったが、見世土間の隅に置いている油の壺が軽くなっていた。ここのところ天ぷらをよく出していたから減りが早いのだ。今日も夕餉のお菜に、さっき魚の棒手振りから仕入れた青柳の貝柱で、搔き揚げをつくるつもりでいた。さっそく買い足しておこうと算段し、財布を手にしたところだ。

布団を叩く音がやみ、手拭を姉さん被りにしたお妙がうえから顔をのぞかせた。

「あたしが行ってきましょうか」

お雅の声は聞こえていたようだ。

「ううん、いいわ。お医者にも動かしたほうがいいって言われているし」

水溜りが凍っていたのに気がつかず、滑らせて痛めた足首もだいぶよくなっていた。ゆっくりとなら長く歩けるようにもなった。

「じゃあ、頼むわね。仕込みまでには戻ってくるから」

「気をつけて行ってきてくださいよ」

心配そうなお妙にうなずき、お雅は前垂れをはずして明るい表に出た。

通りは穏やかな陽射しで満ちていた。ゆるい風にどこで咲いているのか沈丁花《じんちょうげ》の甘い香りがする。人の往来は多いが、冬場のように身を縮めてせかせかした歩みではなく、お武家も、お店者も箒《ほうき》売りも、道ゆく者は皆、どこかのんびりとしていた。手をつないだ母子連れは、道の端で商う桜草売りに足をとめている。

お雅も往来の人となった。

三十間堀四丁目にある油問屋で、菜種油とついでに胡麻油も持ってきてくれるよう頼み、用事はすぐに終わった。じゃあよろしくお願いしますと柿渋色の暖簾《のれん》を割って、通りを見世に戻ろうとしたが、そのまま帰るのはなんだか惜しくて、お雅は陽気に誘われるまま、足を見世とは反対の南にむけた。

五丁目の手前を東に折れ、新シ橋で堀を渡る。そのまま真っ直ぐ歩いていくと采女《うねめ》が原の馬場が見えてきた。周りは大名家の上屋敷や中屋敷をはじめ、旗本屋敷が厳《いか》めしい構えをみせているのだが、馬場の南東を囲むようにある道には、講談や浄瑠璃を楽しめる葭簀《よしず》張りの小屋や、その客を目当てに水茶屋が建ちならんでいて、ちょっとした盛り場になっていた。

お雅は道をはずれ、たんぽぽが咲く草土手に立った。黄色い花のそばには紫の小さな菫《すみれ》も咲いている。

「まあ、こんなところに」

土筆《つくし》も見つけ、お雅は草を踏みしめしゃがんだ。土筆はあちこちに顔を出していた。摘むと緑がかった粉が舞う。陽に地面が暖められ、草いきれがする。

お雅は胸いっぱいに吸った。

「いい気持ち」

白くかすんだ空高く、雲雀《ひばり》が賑やかに鳴いている。眩しさに目を地上に戻せば、広い馬場でお武家が馬術の稽古をはじめていた。重く乾いた蹄《ひづめ》の音を響かせ、馬は土煙をあげて走る。その勇壮な姿にお雅はしばし見惚れた。と、お雅から少し離れたところで、男がひとり馬を眺めていた。平六であった。

平六さん、そう声をかけようとしたが、ついぞ見たことのない硬い表情で馬をじっと見据える男は、気安く声をかけてよい雰囲気ではなかった。

しかし視線を感じたのか、平六のほうでもお雅に気づいた。

「女将さんじゃありやせんか」

珍しいところでと平六は驚いたが、お雅の手許《てもと》を見るなり軽い足取りで寄ってきて、いつものようにへらりと笑った。

「お菜の材を採りにですかい」

「まさか、違いますよ。散歩です」

お雅は思わず土筆をうしろ手に隠した。

「へへ、冗談でさあ」

「もう、平六さんたら」

からかわれたと知って、お雅は少し赤くなった。

「平六さんはお仕事ですか」

「へい、こっちもちょいと一服していたところでさ」

蹄の音が段々大きくなり、目の前を馬が駆けていった。お雅は土煙に目を細め、見送った。遠く先に西本願寺の屋根が見える。

平六はまだ熱心に馬の姿を追っていた。

「馬がお好きなんですか」

平六は困ったように、くしゃりと顔を歪めた。これは自分が知っている馬ではないと言う。

「江戸はなにもかもが違うと驚いたもんだが、馬まで違うとはね。だがこう、目を瞑《つぶ》って嘶《いなな》きを聞いていると、懐かしい昔を思い出しやすよ」

「あら、平六さんは江戸の生まれじゃないんですか」

なにげないお雅の問いに、平六は閉じていた目をはっと開けた。

おーい、と男の声がした。歩いてきた道の向かいの武家屋敷の前で、男がこっちに手をふっていた。植木屋のようだ。道にとまった荷車には大きな石が積んである。平六が男へ手をふり返した。

「そいじゃあ女将さん」

「ええ、また見世に寄ってくださいね」

平六はちょっと頭をさげ、男の許へと走っていった。

二

それから数日後。いちど暖かい雨が降ったが、今日はよい天気となった。

昼のお菜には、ここのところ定番となった蕗の薹の天ぷら。それと、そろそろ旬も終わりにさしかかった白魚の天ぷらだ。それまで酢の物や卵とじにしていたが、今日は衣をつけて揚げてみた。塩をぱらりとふって食べるのも乙なものだ。

ほかに蛸《たこ》と若布《わかめ》の酢の物。茹でた蛸の赤と、さっと湯通しした若布の緑が鮮やかだ。七輪では軽く塩をした鯵《あじ》を焼いている。脂が炭火に滴り、じゅっと煙があがる。買ってくれた客には大根おろしをつける。

「くうっ、昼間っから酒が呑みたくなっちまうぜ」

居職の職人たちが身悶《みもだ》えしながらお菜を買っていくさまは、なんとも可笑しい。

「ありがとうございます、またどうぞ」

お雅はお妙と職人を見送る。

次に見世棚の前に立ったのは、まだ年若い娘だった。鬢《びん》のほつれ毛を風になびかせ、虚ろな目でお菜をじっと見つめている。

「いらっしゃいまし、どれにいたしましょう」

お雅は娘に微笑《ほほえ》んだ。声をかけられ娘は驚いたようだ。見世棚から後じさった。その拍子に足許がふらついた。

「おっと危ねえ」

お菜を見繕《みつくろ》っていた紺屋《こうや》の男が藍に染まった手を伸ばし、娘を支えた。

「すみません」

消え入りそうな声に被せて娘の腹が「ぐうっ」と鳴った。

「なんでい、腹が空いて目を回したのかよ」

いなせな兄さんにからからと笑われて、娘は首まで真っ赤にした。頼りない足どりで、その場から逃げるように通りを渡ろうとする。

「ちょっとお待ちなさいな」

お雅は娘を奥の茶の間に招じ入れ、膳を出した。丼飯に味噌汁、焼き魚に蕗の薹の天ぷらものせた。

「おあがんなさいな」

膳をすめるお雅に、娘は「お代を」と帯にきつく挟んでいた巾着を引き抜いた。それをお雅は手で制した。

「いいから、おあがんなさいな」

娘は遠慮して箸をとろうとしない。

「食べなきゃ今度こそ道で倒れちゃうわよ」

お雅は無理に箸を持たせ、見ていては食べにくかろうと部屋を出た。閉めた障子の前でしばらくなかの様子をうかがっていたら、皿の触れ合う音が聞こえ、ほっと見世へ戻った。

昼のお客が落ち着いたのは、それから半刻ほどしてからだった。そっと障子を開けたお妙が振り返って「眠ってますよ」とお雅に告げた。見ると娘は軽い寝息を立てていた。

「ずいぶんと疲れているみたいですね」

「そうね」

お妙が二階から自分の綿入れ半纏《はんてん》を持ってきて掛けてやる。お雅は膳に目をやった。娘はすべてきれいに平らげていた。

「このままもうしばらく寝かせてあげましょうか」

お雅は膳を引き、またお妙と静かに部屋を出た。

障子ががたりと開いたのは、板敷《いたじ》きでお雅たちの昼餉がすみ、茶を淹《い》れているときだった。娘はかなり狼狽《ろうばい》しているようで、顔を引きつらせ「ご馳走《ちそう》になったうえに、寝てしまって」と板敷きにきて、床に額をつけんばかりに頭をさげた。

「気にしないで。江戸に出てきて、慣れない土地で疲れが出たんでしょうよ」

「そうなんですか」

娘のぶんの湯呑みを出していたお妙が、お雅と娘のどちらへともなく聞いた。

お雅は娘が着物を裾短《すそみじか》に着付け、足許を履き古した足袋《たび》に草鞋《わらじ》で固めているのを見て、ここら辺の者ではないと察しをつけていた。

娘はそのとおりだとこたえた。

「あんなおいしいお膳をいただいたのは、はじめてです」

娘は改めてお雅に礼を述べ、おせいと名乗った。年は十五、上州から出てきたのだと言った。

「あたしよりふたつも年下なのに、そんな遠くから」

お妙は目を瞬いた。お雅も娘がお国ことばでないことから、よもや上州からだとは思わなかった。

「名主さまの家に下働きで通っていたもんで」

　ご新造は芝の町医者の家の出で、縁あっておせいの村の名主の許へ嫁いできた。おせいの仕事は専らこのご新造の身の周りの世話で、だからこちらの言葉で話すよう躾《しつ》けられたという。

「でも気を抜くとすぐお国の言葉が出てしまって」

　おせいは、はにかむ。

　お雅とお妙はなるほどと合点がいった。

「こっちにはなにか用事で」

　お妙が尋《たず》ねた。お雅も気になっていた。下働きの娘がまさか江戸見物でもあるまい。それに連れはなく、ひとりで腹を空かせて目を回していたのだから。

　おせいはぐっと詰まった。困惑の色を濃くしてゆく。

「ごめんなさい、あたし込み入ったことを聞いちゃったみたい」

　お妙は救いを求める視線をお雅によこした。

「ほんにごめんなさいね。でもね、これもなにかのご縁ですもの。若い娘さんがひとりで困っているようなら、ほっとけないわ」

　お妙も、そうそう、とうなずく。

「縁……」

娘はしばらく逡巡《しゅんじゅん》していたが、飯の恩義を感じてか、知る辺のない土地で誰かに聞いてほしかったのか、父親を捜しに江戸へ出てきたのだと打ち明けた。

「お父《と》っつぁんを」

なにか訳があると思っていたが、娘が背負うには重い事柄に、お雅は少なからず驚いた。お妙もだろう、茶を淹れる手がとまっている。

「あたしの家《うち》は小作で」

口に出すと勢いがついたのか、娘は己の事情をぽつりぽつりと語りはじめた。

村では主に畑で麦をつくっていて、おせいの家もそうだという。

麦は晩秋にかけて種を蒔《ま》き、冬も麦踏みなどの作業がある。

「けど家は借金があって」

その返済のため、父親は冬の間の畑仕事を女房や娘に任せ、また親戚の助けを借りて、毎年江戸へ出稼ぎに行っていた。そして年が明け、春先の麦踏みまでには戻ってくる。

江戸ではこういう者たちを椋鳥《むくどり》と呼んだ。秋口に山からおりてきて、春になればまた山へと戻るこの鳥に似ているからだろう。信濃者が多いが、ほかからやってくる者もまた多い。娘の村からも出稼ぎに行く男衆は何人もいて、おせいの父親もそのうちのひとりだった。

「そうやって借金をこつこつ返してきたんです。でも……」

その父親が村に戻らず、行方がわからなくなって、もう二年になるという。

「二年……」

娘はこくりとうなずく。

当時のことだ。村を離れていた男たちが戻ってくるなか、おせいの父親はいつまでたっても帰ってこなかった。心配した名主が出稼ぎ先に問い合わせてくれたところ――。

「一月の末に、村へ戻ると言って江戸を発っていました」

帰りの道中で病を得たか――。

でもそれなら逗留《とうりゅう》した旅籠《はたご》か、介抱してくれている者からなんらかの報せがくるはずだ。母親とおせいはどうすることもできず、とにかくふたりで必死に畑を守った。名主も母娘を不憫《ふびん》に思い、野良仕事が終わってから来いと、おせいを通いの下働きに雇ってくれ、それでどうにか暮らしを立て、父親の帰りをひたすら待った。

なしのつぶてで一年が過ぎたころ、名主はおせいの母親に後添いの縁談《はなし》を持ってきた。いつまでも人には頼れず、かといって女だけでは畑を守ることは難しく、暮らしが細っていく一方の親子を見かねてのことだ。

「あたしの下にはまだ幼い弟もひとりいますから」

相手は名主の遠縁の男だった。ずいぶん前に病で女房を亡くしていた。

おせいの母親は諦めがつかないといって、この縁談を断わった。が、相手は気を悪くするでもなく、たまにきて、男手でないとできない力仕事をしてくれた。

父親が行方知れずになって二回目の正月を迎えた今年、松の内が明けたころ、また名主がやってき、ふたたび縁談をすすめた。そのころには、村の誰もがおせいの父親はもう死んだものと思っていた。帰りの中山道の山道で、稼いだ金を狙われて盗賊に襲われたか、はたまた病に倒れ、ひとり寂しく息を引きとったか、そのどちらかだろうと。それは、おせいの母親もであった。

「おっ母《か》さんは縁談を請けることにしました」

おせいも賛成した。

――おせい、ほんとにいいんだんべーか。

――あたりめえだ。嫁にいったらいいべーよー。

「でも、おせいちゃんはつらかったんじゃないの」

娘はまだ十五だ。いろんな悩みが出てくる年頃だ。甘えもしたいし、聞いてもらいたいこともあるだろう。他家へ嫁げば向こうへの気兼ねもある。いままでのようにはゆくまい。

おせいは首をふった。

「あたしは名主さまのお口添えで、桐生《きりゅう》の織元へ織り子として奉公にあがることが決まったもんで」

母親と弟を、ふたりだけにして行かずにすむと安堵のほうが大きかったという。

それに母親はよく笑うようになったとも話した。

「新しくお父っつぁんになるひとも、かわらずやさしくて」

おっ母さんも弟も大事にしてくれる。

畑のことも借金も、大人たちの間でどうにか話がついた。

「これでみんなが前をむくことができました」

しかし娘は、でも、と目を伏せた。お雅とお妙は顔を見交わした。

「どうかしたの」お雅は話を急かした。

「……江戸でお父っつぁんを見たって人があらわれたんです」

今年、ひと足先に出稼ぎから村に戻ってきた男だった。

男はおせいの父親を追いかけた。だが横丁に入ってしまい見失ったと語った。

――ありゃあ、たしかにお前《め》えのおっ父だったべーよー。

お雅はなんとこたえてよいかわからなかった。よろこぶべきことなのだろうが。

おせいもうなずいた。村でもうれしさより誰もが仰天し、戸惑った。

「あたしはおっ母さんに人違いだと言いました」

だって、生きているならどうして帰ってこない。

「おっ母さんもきっとそうだと言いました」

だが後添いの話は宙に浮いた。

とにかく確かめないと。奉公にあがってしまったら勝手はできぬ。その前にどうしても江戸に出て、父親を捜したい。おせいは名主に願い出た。

「おっ母さんのこともある。でも、あたしがはっきりさせたかった」

娘はふた皮の大きな目に力を込め、唇を噛《か》む。なんて気丈な娘だろう。

名主は、おせいの奉公先である織元のあるじが、たまに商いで江戸に出ることを知っていた。事情を手紙に認《したた》め、次に江戸に行くときは、おせいも連れて行ってはくれまいかと掛け合ってくれ、父親を捜させてやってほしいと頼んでくれた。

「ほんによい名主さまだこと」

「はい。それにご新造さまも、おせいの気のすむようにしてやってくれと、とりなしてくださいました」

「それで織元のご主人と江戸に出てきたのね」

おせいは船に乗り、江戸に着いたその足で父親を見たという三十間堀の町に向かい、捜して今日で三日になるという。

「三十間堀たって広いですよ」

お妙が三十間堀の町は、堀に沿って一丁目から八丁目まであって長いと教える。それに父親は、たまたまここを歩いていただけなのか、はたまたこの辺で働いているのかさえわからない。いや、それが真に父親なのかさえ、わからないのだ。なんとも雲を摑《つか》むような話だ。

「それでも捜すしかないです」

とにかく一丁目から歩き、八丁目まで行くと道を折り返す。おせいはそれをくり返していた。

「今日は一丁目まで来たところでつい、よい匂いに誘われてしまって」

気づけば旭屋の前に立っていたと、おせいは恥ずかしそうだ。

「昼は蕎麦《そば》でもたぐれって、銭を渡されていたんです」

さっき見せた巾着を手にする。

「だけどあたし、店に入ったことがなくて。屋台にしたって、なにをどう注文していいんだか」

わからずに昼は飯を抜いていたという。田舎者《おくにもの》なんでと、さらに恥じ入る娘に
「いいえ、わかるわ」とお雅は娘の気持ちを強く思いやった。

女がひとりで蕎麦屋に入るのは気が引ける。若い娘ならなおさらだ。お雅が飯屋ではなく煮売屋にしたのも、女たちに気軽に寄ってもらいたいがためだ。

「おせいちゃんのお父っつぁんの名は、それからどんなおひとなの。背が高いとか、ほくろがあるとか」

お雅はおせいの父親の形容《なりかたち》を聞いた。

「粂作《くめさく》といいます。体はがっしりしていて」

無口で厳しい男だという。年はこの正月で三十六になった。

「刈入れのときは遊んでないで手伝えって、よく怒鳴られたもんです」

──まごまごしてんなーい。早くこっちさ飛んでこー。

「でもほんとは、やさしいんです」

おせいは、村の祭りで肩車をしてもらって神楽《かぐら》を見物したことを懐かしそうに話し、遠い目をした。

「そう」

お雅は、どれぐらいこっちにいられるのかも聞いた。

「えっと……あと四日です」

五日目の昼過ぎには船に乗って帰るという。

「四日か……」

その間に――。

「お旅宿《やど》はどこなの」

「日本橋というところです」

「通えなくはないけど」

行ったり来たりはしんどかろう。

「ねえ、おせいちゃんさえよければなんだけど」

うちへ泊まってお父っつぁんを捜してはどうかとお雅は提案した。

ここまで事情を聞いといて知らぬ顔もできまい。

「いいですねえ、女将さん」

お妙も賛成した。

「そんなつもりで話したんじゃあ。そこまで甘えられません」

おせいは頑なに遠慮する。

「そんなこと言わずに、あたしの部屋で一緒に寝ましょうよ。それに考えてみて、ここまで通う手間がはぶけるぶん、朝早くから捜しに行けるじゃない」

お妙がうまく口説く。それにお妙の言うとおり、少しの間もおせいは無駄にできない。これでおせいの気持ちも決まったようだ。

「会ったばかりのあたしに、こんなに親切にしてくれて」

おせいは板敷きに手をついた。

「女将さん、お妙さん、どうぞよろしくお願いします」

そうと決まれば、お雅は急いで織元のあるじ宛に、おせいを預かりたい旨を手紙にした。おせいはこれを懐《ふところ》に、いったん旅宿に戻り、お雅たちが夕餉のお菜をつくり終え、そろそろお客を迎えようかという時分に、主人に同道してきた手代を伴い、ふたたび旭屋にやってきた。

手代はお雅の商いと人となりをみて、信がおけると判断したようだ。

「こちらも江戸は不案内なものでして、どうしたものかと考えあぐねていたところでございます。こちらさまにおすがりしたく」

あるじからだという金の包みをお雅に差し出した。

しかしお雅はうちに泊まってもらうだけだと固辞した。

「なにか力になれる訳ではないんです」

「ええ、それは重々承知しております。しかしわたくしどもは商いがございます。この娘についていてやることはできません。見守っていただけるだけで。はい」

手代は包みをお雅の手に握らせ、主人に成り代わりましてどうぞお願いいたしますと丁寧に頭をさげ、おせいには後日迎えにくると言い置いて帰っていった。

「おせいちゃんこっちよ」

お妙が二階の部屋へ案内する。おせいは替えの肌着が入っているという風呂敷包みひとつを胸に、お妙のうしろから梯子段をあがっていく。すぐにうえからどっすんと音がした。お妙が張りきって夜具を出しているのだろう。が、しばらくしてそのお妙が慌てておりてきた。

「女将さん、おせいちゃんったら、これから町を歩いてくるって言うんですよ」

おせいもおりてきた。お雅は通りを見て眉を顰《ひそ》めた。

「じきに暗くなるから今日はもうおよしなさいな」

「この近くをぐるっとひとまわりしてくるだけですから」

おせいは足袋の足に手早く草鞋の紐を結び、すぐ戻ると言って表へ出ていった。

おせいが旭屋に帰ってきたのは、そろそろ見世を閉めようかというころだった。

「こんな夜遅くまで捜すなんてだめよ。危ないわ」

若い娘の身になにかあってからでは遅い。預かっている責任もある。やきもきして待っていたお雅は、これだけは厳しく言い聞かせた。

「ごめんなさい」

よく歩いたようで、おせいの足許は黒く汚れていた。いままでどこを捜していたのかと聞けば、居酒見世をそっとのぞき、蕎麦や茶飯の屋台を見てまわっていたのだと言った。どれも男がひとりで行きそうな場所だ。

「日が暮れてからも捜すなら、誰か人をつけてあげるから、暗くなる前にいちど戻ってらっしゃい」

磯谷《いそや》の手習い処の男の子に、駄賃を渡して頼んでもいい。

おせいはわかったと素直にうなずいた。

「お腹が空いたでしょう。夕飯にするから、井戸端で足袋と一緒に足も洗ってらっしゃいな」

見世を閉め、茶の間にならべた膳には、飯に根深汁《ねぶかじる》、鯖《さば》の味噌煮をのせた。

「わあ、夕餉もご馳走ですねえ」

おせいは目を見張る。

「どれも売れ残ったものなのよ。だから遠慮しないでしっかり食べてね」

みんなで「いただきます」と手を合わせ、箸をとった。

おせいは熱い汁にほう、と息をつく。もう春だといっても夜風はまだ冷たい。飯がすすむうち、娘の白い頬にほんのりと赤みがさしてくる。

「上州にはどんなお菜があるのかしら」

お雅は長火鉢《ながひばち》の五徳にのせた鍋から汁のお代わりをよそってやりながら、おせいに尋ねた。お雅が知っているのは、この江戸と、里の巣鴨ぐらいのものだ。ほかのお国の食べ物に興味があった。

お菜といえるかどうかと断わり、

「あたしは焼きまんじゅうが好きです」

とおせいは言った。

「お饅頭を焼くの？」

驚いて汁に咽《むせ》るお妙に、違いますよと笑う。

「うどん粉にどぶろくを混ぜて、ひと晩寝かせるんです」

そうすると生地はふくらみ、この生地を丸めて蒸し、竹串に刺して甘い味噌だれを塗って焼いたものが「焼きまんじゅう」だとおせいは教えた。

「へえ、どぶろくをねえ。いちど拵《こしら》えてみたいものだわ」

「江戸の食べ物とくらべたら素朴《そぼく》なもんです」

江戸は驚くことばかりだとおせいは話す。

「まず人が多いのに驚きました。賑やかで、お祭りなのかと思いました」

店や、とくに物売りの多さにも驚いたという。

「鮨に蕎麦に、飴売りに、大福売り。そうそう、七味唐辛子売りまでいたのにはたまげたなあ。大きな唐辛子の張りぼてを背負《しょ》って」

おせいは町でなんども見かけて覚えたという、売り声を真似た。

「とんとん、とん辛子、ひりりと辛いは山椒《さんしょう》の粉《こ》、すはすは辛いは胡椒《こしょう》の粉、芥子《けし》の粉胡麻《ごま》の粉ちんぴの粉、とんとん唐辛子――」

うまいうまいとお雅とお妙は手を叩いた。おせいもにっこりだ。

お雅たちに、はじめて見せる十五の娘らしい笑顔であった。

「ねえ、夕飯がすんだら湯屋へ行きましょうか」

「いいですねえ、女将さん。おせいちゃんは江戸の湯屋にはもう行った？」

おせいは、いいえ、と首をふる。

「じゃあ決まりね」

それから女たちは夜の道を提灯《ちょうちん》で照らし、仕舞湯へ急いだ。

お雅はおせいの背中を糠袋でこすり、この数日の汗と埃を洗い流してやった。

「はい、ごめんなさい。冷えものが入りますよ」

先に浸かっている者へ声をかけ、お雅は湯に浸かる。おせいもお雅につづいて、まだ青い果実のような体を湯船に沈めた。もの珍しげに蠟燭《ろうそく》ひとつだけの、暗い柘榴《ざくろ》口のうちを眺めている。

「よく足を揉んでおくのよ」

歩きづめで張ったふくらはぎも、少しはほぐれるだろう。

「あー、生き返るう」

肩まで浸かったお妙が娘とも思えぬ野太い声を出す。

まったく年頃だというのに。お雅はばしゃりと湯をかけてやった。

「もう、やめてくださいよう」

帰り道に火照った顔を夜空にむければ、雲間から二十日月《はつかづき》が出ていた。

火の用ぅ心、しゃっしゃりましょう。拍子木《ひょうしぎ》が鳴る。

「ねえ、おせいちゃん、こんなこと聞いていいかわからないんだけど」

それまで横にならんで歩くおせいに、江戸で流行りの着物の色柄を熱心に教えていたお妙が、歩みをゆるめ、おずおずと言った。

「そのう、お父っつぁんが見つからなかったらどうするの」

「お妙」

お雅はお妙に硬い声を投げた。

「いいんです女将さん。名主さまにも、織元の旦那さまにも聞かれましたから」

おせいはそれでもいいとお妙にこたえた。

「それなら、おっ母さんや村の人に、お父っつぁんはいなかったと話すだけ。やっぱり人違いだったたって伝えてもいい。それを言うために江戸に出てきたようなもんだもの」

月がまた雲に隠れた。おせいがいまどんな顔をしているか、見るには足許を照らす灯りは弱かった。

「おやすみなさい」

家に戻り、おせいは二階へあがっていった。

茶の間でふたりになると、「あたしほっとしました」とお妙がため息をついた。

「だって、見つかりっこないですもん。おせいちゃんが江戸に出てきたのは、踏ん切りをつけるためだったんですね」

「そうね、そうかもしれないわね」

お雅は、はっきりさせたかったと唇を噛む娘を思い出す。

しかし、だけど……とお雅は思う。

もし見つかったら、あの娘《こ》はどうするつもりだろう。

三

味噌汁に煮染めに煮奴。七輪の火もいい具合に熾《おこ》っている。あとはお妙に干物を焼かせればいい。

翌日の朝の調理場で、お雅はできたお菜を指さしていく。そこへ梯子段をおりてくる音がした。

「手伝おうと思っていたのに、寝坊しちゃって」

おせいがすみませんと頭をさげる。

「いいのよ、今日も町に出るんだから、もっとゆっくり寝てたらいいわ」

「いいえ、なんでも言いつけてください」

おせいは慣れた手つきで襷《たすき》をかけた。

朝はとにかく忙しい。人手があればこちらも助かる。それに、おせいもじっと寝床にいてもいろいろ考えてしまうのかもしれない。

「それじゃあ、お願いしようかな」

お雅は好意に甘えることにした。

「いらっしゃい」

「いらっしゃいましぃ」

旭屋に娘たちの華やいだ声が響く。

「おっ、新しい娘っ子を雇ったのか」

朝餉にやってきた職人たちが色めき立つ。

「違いますよ。少しの間だけ預かっている娘さんなんですよ」

お雅はおせいを紹介した。なあんだ、と男たちはがっくりだ。

「あたしじゃ不服だっていうんですか」

お妙はぷうっと膨れっ面だ。さっき一番乗りでやってきた大工の常吉《つねきち》が同じことを言ったものだから、鼻の下を伸ばしてと痴話喧嘩したばかりだった。

そんなお妙はほっといて、お雅はおせいに江戸に出てきた事情を皆に教えてもよいかと問うた。

「誰か、おせいちゃんのお父っつぁんのことを知ってるおひとがいなさるかもしれないじゃない」

職人たちは、ここらに住んで働いている者たちだ。泊めてやるほかにお雅にできることといったら、旭屋の客にあたってみることぐらいだ。

「女将さん、ありがとうございます」

おせいはお願いしますと頭をさげた。

「ねえ、みなさん」

お雅は男たちに、おせいが父親を捜しに上州から出てきたことを話した。

「誰か粂作さんをご存知ありませんか。ここらで見かけたらしいのだけど」

「あの、お父っつぁんは百姓をしていて、江戸には出稼ぎに来たんです。年は三十六で、背丈は、そこのお兄さんぐらい。肩や腕はがっしりしていて」

口数少なく、いつも難しい顔をしていて——。

おせいは朝飯をわっしわっしと食べる男たちに、身振りを交えて父親のことを一生懸命に伝えた。だが職人たちは「知らねえなあ」と首や箸をふるばかりだ。

「そいじゃあ女将さん、行ってきます」

職人たちがいなくなった土間に、朝飯を終えたおせいが立つ。

「なにか困ったことがあれば旭屋の名を出すのよ。それと日が暮れるまでには戻ってくること」

お雅は昼飯の握り飯を持たせ、おせいを送り出した。

堀の東側を歩くと言っていた。蔵がずらりと建ちならび、荷揚げ場で人足たちが立ち働いている。いままでお店を尋ねまわったり、道を行き交う人のなかに父親を捜していたという娘に、「お店の者が知っているのは、自分とこの奉公人ぐれえよ。もしここらで働いているとしたら、そんなところものぞいてみちゃあどうでい」と、職人たちに知恵をつけてもらい、行ってみようと思ったようだ。

お雅も店を構えている客や、顔の広い客にあたってみるつもりでいた。

「じゃあ、あたしは手習い処に行って、日暮れから一刻ほど、おせいちゃんについて町を歩いてくれる男の子はいないかって、聞いてきますよ」

走っていったお妙が戻ってきて、寛太《かんた》が小遣い稼ぎができるとよろこんで引き受けてくれたと知らせた。

「さっそく今夜から行ってやるって」

しかしこの日も、次の日も、おせいの父親は見つからず、お雅のほうにも知っているという者はあらわれなかった。

そして今日もお雅はおせいを送り出す。

「そいじゃあ女将さん、いってきます」

気をつけるのよと言うお雅に、娘は小さくうなずく。

見世の前で見送っているお雅の横に、お妙がならんだ。

「おせいちゃん、ずいぶんと疲れた顔をしていましたね」

「ええ」

「女将さん、知ってますか。おせいちゃんたら、足袋に草鞋の紐が食い込んで、足の甲に擦《す》り傷をこさえてるんですよ」

遠ざかる娘の白いうなじが朝の陽にまぶしい。その頼りない細さに、お雅は一緒についていってやりたい衝動をぐっと押さえ、昼のお菜の支度にとりかかるため、前垂れの紐をきゅっと締めなおした。

日中は風もなく穏やかだった。昼時分の一時の忙しさが静まると、あとはぽつぽつやってくるお客を迎えるだけで、のんびりとしたものだった。

「おせいちゃん、お弁当を食べましたかねえ」

ふたりで見世棚のうちに立ち、明るい通りを眺めていたら、お妙が呟いた。道端の草むらで鳥がなにやらついばんでいる。

「上州ってどんなところなんでしょう」

「そうね」

「女将さんは覚えてますか。おせいちゃんが話してくれた焼きまんじゅう」

「もちろんよ」

お雅も焼きまんじゅうのことは、話を聞いてから頭の隅にずっとあった。

「食べてみたいもんですよねえ」

お妙はうっとり顔だ。

「わたしはね、お前のように食いしん坊でずっと考えていたんじゃないわよ」

「じゃあなんです」

お雅は見世で出せないかと思っていた。田楽のように、ちょいと摘んでもらえる品が増えたらいいと。でもつくれるものなのだろうか。

「教えてもらいましょうよ」

お妙が俄然《がぜん》やる気になった。

そうよね、なんでもやってみなきゃね。

「たしか、うどん粉にどぶろくを混ぜるって言ってたわよね」

竹串に刺して焼くとも。

「じゃあ、ひとっ走りして、いる物を揃えてきますよ」

言うが早いか、お妙は前垂れをはずして外へ出ていった。

「まあ、身軽だこと。よっぽど食べたいのね。ふふ」

見世にひとりになったお雅は、魚の棒手振りが置いていった赤貝を手にとった。

春先はなんといっても貝がおいしい時季だ。

「これでなにを拵えようかしらねえ」


夕方の日もだいぶ傾いたころ、長屋のおかみさんが「遅くなっちまって」と男の子の手を引いてやってきた。お雅とお妙は「いらっしゃいまし」と迎えた。

「この芋の煮っ転がしをもらおうかね」

おかみさんは軒行灯《のきあんどん》の灯に、つやつや光る芋の大皿を指さす。

「それと……」

「おっ母ぁ、おいらこれも食いてえ」

子どもがねだったのは、お雅が夕餉のお菜に新たに拵えた、赤貝の膾《なます》だった。身を細く切り、おろし大根と三杯酢で和えた。大根の白と貝の黄丹《おうたん》の色彩が鮮やかだ。

「ほんにこの子は酒呑みが食べるようなもんが好きだ。大きくなったらきっとお父っつぁんみたいに大酒呑みになるよ」

おかみさんは呆れるが、子どもは「おいらならねえ」と鼻をほじる。

「そいじゃ女将さん、それもおくれな」

「ふふ、坊ちゃんよかったわね」

お雅は受け取った皿に、どちらのお菜も少し多めに盛った。

「なんだか悪いねえ」

おかみさんは言葉とは裏腹にうれしそうだ。

「いいんですよ。また坊ちゃんを連れて寄ってくださいな。坊ちゃんまたね」

「さいなら」

子どもが手をふる。お雅とお妙も手をふって親子を見送った。と、見世のすぐ脇に、おせいが立っているのにお雅は気づいた。

「おせいちゃん、お帰り」

薄闇の通りを帰っていく親子をじっと見つめていたおせいが、ゆっくりとふり返る。灯に照らされた顔を見ただけで、この日も徒労に終わったことが知れた。

おせいは「ただいま」と見世内へ入ってきて、板敷きの縁に腰をおろした。そこへ、昨日と同じように寛太がやってきた。おせいは体を重そうにして立ちあがりかけたが、

「女将さん、今夜はやめときます」と浮かした腰をまた縁につけた。

「そう、じゃあ足を洗ってらっしゃいな」

お雅はお妙に手伝ってやれと目配せした。お妙が心得て、「ほら行きましょ」とおせいの腕をとり、井戸端へ連れていった。擦り傷に軟膏《なんこう》も塗ってやるだろう。

「せっかく来てくれたのに、ごめんなさいね」

お雅は寛太に駄賃を渡し、煮染めを盛った皿を持たせた。

「気をつけてね」

寛太は夜の帳《とばり》がおりはじめた通りを帰ってゆく。ほかは商人が足早に過ぎるだけで、お客が来る気配はない。今日はもう見世を早仕舞いしようとお雅は決めた。

「女将さん、とってもおいしいですよ」

お妙が膳にのせた小鉢の膾に舌鼓をうった。お雅も口にした。赤貝がこりこりといい歯ごたえだ。貝独特の生臭さを大根おろしが消し、潮のよい香りが鼻から抜ける。酢の加減もちょうどよく、われながら上出来だ。

「女将さん」

お妙が心配気な視線をお雅にくれた。

おせいの箸がとまっていた。

「貝は苦手だったかしら。無理に食べなくていいのよ」

お雅は膳にならべた芋の煮っ転がしに、味噌田楽を食べろとすすめた。

「いいえ、おいしいです」

おせいは箸を動かした。が、それもまたすぐにとまった。なにやら物思いにふけっているようだ。

「そうだ、おせいちゃんにお願いがあるのよ」

お雅はわざと明るく言って、昼間にお妙と考えを巡らせていた頼みを口にした。

「焼きまんじゅうのつくり方を教えてほしいのよ」

おせいの伏した目がつっとあがった。

「焼きまんじゅうですか」

「ええ、田楽のように、小腹が空いたお客さんに摘んでもらえるような一品になればって。それに物珍しさもあって、よく売れるんじゃないかと思うのよ」

「あたし酒屋に走って、どぶろくを手にいれてきたのよ」

お妙が板敷きに置いていた徳利を持ってきた。京橋を北へ渡った竹河岸の問屋で調達してきた串も見せる。

「おせいちゃんの話では、太くて平たい竹串もいるようだったから」

「ねえどう、教えてくれないかしら」

「おせいちゃんお願い」

お雅とお妙は手を合わせる。

「あたしでよければお安い御用ですよ」

おせいにやっと笑顔が戻った。

夕餉が終わったあと、板敷きに置き行灯を灯し、女たちは輪になった。

「大きめの鉢にうどん粉をいれてと。ここにどぶろくを注いで混ぜるのね」

白く濁ったどぶろくと粉は、はじめは指にねばねばとからみついたが、捏《こ》ねていくうちにひと塊にまとまっていった。

「はい、これぐらいでいいです。暖かい場所でひと晩寝かせます」

「わかったわ。その間にふくらんでくるのね」

お雅は教えられたように鉢にそっと濡れ布巾をかけた。

「女将さん、どうしてふくらむんでしょうねえ」

お妙が不思議がる。お雅にだってわからない。

「きっとなにかの力が働くんでしょうね」

それこそ不思議ななにかだ。

「朝餉のお客さんが終わるころには、ふくらんでいると思います。そしたら生地を丸めて蒸します」

おせいが明日の段取りを話す。

「じゃあ、おせいちゃんが出かける前に、ひとつお手本を見せてちょうだいな」

おせいはうなずいた。

「明日が楽しみですねえ」

お妙が嬉々と言い、女たちは鉢を見つめた。

四

翌日の朝、早くに起きてきたおせいの足に軟膏を塗ってやっていたお雅は、えっ、と顔をあげた。おせいが父親を捜しに行かないと言い出したのだ。

「おせいちゃん、もういいって、どういうこと」

「もうじゅうぶん捜しました」

おせいは足の甲の、赤くて細い傷に目をやった。

「やっぱり人違いだったんです。それに、もしほんとうにお父っつぁんだったとしても、帰ってこない相手を捜してなんになるんです」

なにか困っていたり、帰れない事情があるなら報せて寄こしたらいい。そうでなければ帰りたくないんだ。

「お父っつぁんは、あたしたちを捨てたんです」

昨夜の親子連れのお客さんを見て、郷里にいる母親と弟を思い出し、そう悟ったとおせいは告げた。

「だったらなんの遠慮もいらない。おっ母さんもあたしも弟も、お父っつぁんのいない道を進めばいい。ううん、もう進んでる」

昨夜、この娘はそんなことを思っていたのか。きっと一晩中寝ずに考え抜いて出した結論だろう。前にお妙が言っていた踏ん切りを、この娘なりにつけたのかもしれない。そう思うとお雅はなにも言えなかった。

「あたしが江戸にいるのも今日で最後です」

そうなのだ。明日、おせいは船にのって上州へと帰ってゆく。

「だから今日は焼きまんじゅうを女将さんにお教えします」

土間に青い顔で突っ立っているお妙に、「お妙さんもしっかり覚えてくださいね」とおせいは無理に笑顔をつくった。

朝餉のお客を送り出し、おせいの音頭で焼きまんじゅうにとりかかる。

鉢から布巾を捲《めく》れば、なかの生地はふたまわりほど大きくふくらんでいた。

「わあ、ほんとにふくらんでる」

お妙は目を見張る。お雅もだ。

「さあ、丸めていきますよ」

そろそろと白い生地をさわれば、まるで打ち立ての綿のようにふわふわだ。

おせいは小餅より少し大きめに切り分けて丸める。お雅たちも見よう見まねで丸めた。形を整え、もろ箱に置いていく。すべてできたら蒸籠《せいろ》で蒸してゆく。その間においせいは、まんじゅうに塗る味噌だれを指南する。ほんの少しの水で味噌を溶き、あとは水飴をいれて甘いたれにする。

お雅は擂鉢《すりばち》で混ぜた味噌だれをひょいと指ですくって口に含んだ。

「甘じょっぱくて、あらおいし」

お妙もおせいも味見する。お妙がおっと眉をあげ、おせいがうなずいた。

これでまんじゅうが蒸しあがるのを待つばかりだ。お雅たちは、ほかのお菜に急いでとりかかった。今日は焼き網を使うから、仕入れた魚はすべて煮付だ。

「さあ、もういいですよ」

おせいが蒸籠の蓋を開けた。もうもうと湯気があがる。煮付の鍋を見ていたお雅と、茹でた青菜をしぼっていたお妙は蒸籠に駆け寄った。

蒸しあがったものは白くてまん丸の、見た目はまさに饅頭だった。どぶろくで捏ねているからだろう、酒まんじゅうのような香りもする。つつくと、柔らかさに弾力も加わって、ぷわんっと指を跳ね返す。

「これを竹串に三つか四つずつ刺します」

お雅は太い竹串に三つずつ刺した。

「女将さん、さっそくひと串焼いてみましょうよ」

お妙が見世棚のならびに据えた七輪に手をかざし、火加減をみた。

「最初は素のまま、両方の面に少し焼きめがつくぐらい炙《あぶ》りますよ」

串を網にのせる。焼きめがついてきたら味噌だれを、これも両面に刷毛《はけ》で塗る。

「そしたらまた焼いていきます」

味噌だれが焦げる香ばしい匂いが辺りに充満した。

「まさに焼きまんじゅうですねえ。いい香り」

お妙が鼻をひくひくさせる。ひっくり返し、もう片方の面も焼いたら、最後の仕上げにたっぷりと味噌だれを塗る。焼き網のうえでまんじゅうは、ぽってりとし、よい焼き色をつけ、つやつやにてかっている。縁にはおこげができていた。

「早く味見をしましょうよ」

食いしん坊のお妙は熱さもなんのその、お雅が皿に置いた焼きあがったまんじゅうを串からひとつ引き抜いた。

「あちちっ」

ふうふうと息を吹き、かぶりつく。

「ん！　おいしぃー」

きゅっと目をつぶり、ほっぺたに手をあてる。

「女将さんも早く早く」

急かされて、お雅もお妙につづいた。まんじゅうの表面はかりりと、なかは驚くほどふんわりだ。味噌だれの甘さにお焦げのほろ苦さがまたいい。食べ応えもあるし、これなら大人にも子どもにもよろこんでもらえること間違いなしだ。

お雅は昼のぶんをさっそく串に刺して焼きはじめた。

「おっ、やけにいい匂いじゃないか。おや、いつもの田楽じゃないのかい」

香りにつられた者たちが次々と足をとめ、焼きまんじゅうの珍しさに手を伸ばし、「こいつぁ……」おいしさに目を見張った。お陰で昼のぶんはすぐに売り切れてしまった。

「女将さん」

「ええ、思ったとおりだわ」

お雅とお妙は手を取り合ってよろこんだ。

「江戸のおひとに気に入ってもらえてよかったぁ」

おせいは胸をなでおろしている。

夕方も、お雅は蒸籠にとっておいた生地を串に刺して焼いた。

お妙が夕餉のお菜をならべ、旭屋の軒行灯を点す。外はまだ明るいが、お菜が
出来た合図だ。

やってきた長屋のおかみさんたちは、焼き網のうえで香ばしい匂いをさせている焼きまんじゅうを目ざとく見つけた。

「こりゃなんだい」

「焼きまんじゅうって言うんです。この娘《こ》が上州の生まれで、教えてもらって拵えてみたんですよ」

お雅は一緒にならんで焼いているおせいを、おかみさんたちに紹介した。なかには「ああ、この娘かい」と事情を知る者もいたが、昨日までのおせいは、この時分はまだ町にいて、大方のおかみさんとは面識がない。

「へえ、てことは上州の食べ物かい」

みんな焼きまんじゅうに興味しんしんだ。

「おいしそうだ。そいじゃあ娘さん、一本おくれな」

「こっちには二本ちょうだい」

「はい、ありがとうございます」

おせいは仕上げの味噌だれをまんじゅうに塗って、手際よく経木にのせる。

「それとそっちの煮染めもおくれな」

「ちょいとお妙」

お妙は煮付の客に出ていた。

「おせいちゃん、ここを任せていいかしら」

おせいは、はい、と返事をし、経木の焼きまんじゅうをお客へ渡し、焼き網のうえのまんじゅうをひっくり返した。

「おかみさん、どれぐらいにしましょう」

お雅は丼鉢を受け取り、七輪からお菜の大皿がならぶ棚へと移った。

目新しい一品のお陰で旭屋の見世先は大いに賑わい、ほかのお菜もよく売れた。

「ありがとうございます。また寄ってくださいましね」

ひとり客を見送ると、また新たな客がやってくる。

「いらっしゃい。あら、お久しぶりですね」

平六であった。座禅豆を注文していたおかみさんが場所をあけてやる。

「こいつぁ、ありがた山桜」

平六はしゃれを口にし、見世棚の前に立った。

「なんだい、姥桜《うばざくら》って言いたいのかえ」

きゅっと睨むおかみさんに、平六はとんでもねえ、と手をふる。

「きれいなおかみさんに、こっちはうっとりよ」

「ふん、相変わらず調子のいい男だねえ」

まったくだとお雅も苦笑する。平六もいつものようにへらり。小鬢を掻《か》く。

「しかしなんともいい匂いで」

平六は鼻をひくつかせた。

「おや、平さんが煮染めの注文じゃないことを言ったよ」

こりゃあ明日は雨だとおかみさんたちは天を仰ぐ。

お雅は上州の食べ物だと教えた。

「焼きまんじゅうといいましてね」

「上州……」

平六が低く呟いた。

「ええ、いま焼いてるあの娘に教わったんですよ。平六さんもいかがです」

平六が七輪のほうへ首をまわした。目が焼き網のまんじゅうから、煙のむこうにいる娘へと動いた。

とたん、平六の体がびくりと震えた。

「……おせい」

名を呼ばれたおせいは、平六を見て顔がみるみる蒼ざめていく。唇が戦慄《わなな》くように動き、

「おっ父う」

と平六を呼んだ。

えっ、平六さんがおせいちゃんの——。

お雅はあまりのことに驚くというより、混乱した。

「だって……」

おせいの父親の名は条作だ。それに娘から聞いていた人となりもまったく違う。おせいの父親はがっしりしていて無口で、でも平六はこのとおり——。

お雅は、ひょろりと細い体に継ぎのあたった袷を尻っ端折りにし、股引を穿いた、背を丸めて立っている男を見つめた。

平六がふいと身を翻《ひるがえ》したかと思ったら、だっと走りだした。

「平六さん待って」

お雅の叫ぶような呼び声に、しかし平六は足をとめなかった。

お妙がおせいに追いかけろと言った。

「おせいちゃん、なにしてんのよ。早く」

下駄を鳴らしておせいの許に行き、腕を揺すっても、娘は身を固くして動こうとしない。

「平六さん、待ってちょうだい」

お雅は娘に代わって見世から飛び出した。通りを真福寺橋のほうへ走っていく男の背中が小さく見える。

お雅は平六を追った。橋を渡り右に折れ、三十間堀に沿って河岸道を走った。が、町家が込み入った辺りまできたとき姿を見失ってしまった。

「平六さん、どこなの、近くにいるんでしょ。出てきてちょうだいよ」

お雅は平六の名を呼びながら、路地裏や長屋の軒間を潜り抜け、あちこち捜しまわった。しかし平六は出てきてくれず、姿も見あたらなかった。

息があがったお雅は足をとめ、治りかけの足首を押さえた。三十間堀に架かる新シ橋まできていた。橋のたもとに飴売りがいて、台には細工飴が棒にささっている。兎や金魚や馬や。器用なものだ。

馬……。お雅は平六と偶然会ったときのことを思い出した。

「もしかして」

鼻緒の指に力を込め、お雅は東にむかった。

思ったとおりだった。平六は夕暮れの采女が原にいた。ひとり草土手に立ち、薄い茜《あかね》色に染まる馬場をぼんやり眺めていた。お武家がゆったり馬を走らせている。見世物の小屋はもう仕舞いのようで、片づけをしている者がいるぐらいだ。

お雅は平六に近づいていった。草を踏む足音にふり返った平六は、観念したようにうなだれた。そしてそばに立ったお雅に、「どうして」と問うた。

そのひと言にいろんな意味が含まれていた。どうしておせいがこの江戸にいるのか。旭屋にいるのか。焼きまんじゅうを焼いているのか。

お雅はおせいの家の事情は知らせず、娘が平六を捜しにきたことだけを告げた。

「三十間堀のあたりで平六さんを見かけたという村の人がいたみたいなの」

おせいが奉公にあがることになっている桐生の織元の主人の厚意で、江戸に出てくるのに同行させてもらったのだと教えた。

「おせいちゃんとはひょんなことから知り合って、捜すのに旅宿より堀に近いから、旭屋に泊まってもらっていたのよ」

「そいつは」

世話になったと平六は膝頭に手をあて、深々と頭をさげた。その態度も、すまなそうな表情も、父親のそれだった。そんな顔をするのに――。

「どうして」

今度はお雅が問うた。どうして娘から逃げたのか。里に戻らなかったのか。

「いまさらどの面さげて娘に会えるっていうんです」

平六は苦いものを口に含んだときのように、唇をひん曲げた。

「信じちゃくれねえかもしれないが、帰るつもりだったんですよ」

毎年世話になる口入屋《くちいれや》の紹介で、平六は深川の材木問屋の荷揚げ人足として働いていたのだと話した。雇い終わりの一月末に、給金を懐に意気揚々とお店を後にした。その平六の肩を、よう、と叩く者がいた。同じお店に雇われていた人足で、親しくなった者だった。

「そいつに誘われやしてね」

連れて行かれた先は賭場《とば》だった。驚いて断わったが、男は平六の耳に囁《ささや》いた。

――なに、大げさに考えるこたあねえ。運よく小金を稼いだら、それでいち抜けたとやめりゃあいい。土産がひとつ増えてみろ、待っている家の者《もん》もよろこぶぜえ。

平六の頭に、簪《かんざし》や独楽《こま》を手にして笑う子どもたちの顔が浮かんだ。

「結局、鴨にされたと気づいたときは、すってんてん。よくある話でさあ」

だがこのままじゃ帰れない。馴染《なじ》みの口入屋に足をむけようとしたが、「こんな情けねえこと」誰にも知られず早く金をつくりたい。平六は深川から大川を越え、右も左もわからぬ土地で目についた口入屋に飛び込んだ。

それからは日雇いの口を渡り歩いた。三日、四日の短い奉公ばかりだ。が、終わればすぐに賃金がもらえた。

これを貯めていけば――。

最初のころは、こつこつと日銭を巾着のなかに落とした。が、失った額を埋めるのは容易《たやす》くなかった。でも、食べていくだけならやってはいけた。雇われ先で出る飯を食い、奉公が終われば手にした銭で屋台や煮売屋のお菜を買い、口入屋の親父が請け人になって借りた、いまにも崩れそうな長屋に戻って食って寝る。それだけなら十分に事足りた。銭を貯めなきゃいけねえ。村に帰らなきゃならねえ。だがいつしか、男ひとりの気楽な暮らしから抜け出せなくなっていた。

「百姓に戻る気力がもう、あっしにはねえんです」

「平六さん」

お雅は、おせいが明日には江戸を発つと伝えた。

「だから会ってあげて。ね、お願いよ」

平六は首を横へふった。

「女将さん、あいつの親父はもういねえんです。元の暮らしを思い出すのが怖くて、へらへら笑ってこの江戸に紛れて生きている平六という男がいるだけだ」

「せめてどこに住んでいるかぐらい」

「勘弁してくだせえ」

平六はお雅にいちど深く頭をさげると背をむけた。

「平六さんっ」

空は茜色から瑠璃《るり》紺《こん》色へと移っていた。走り去る平六の先に見える西本願寺の屋根は黒く、そのうえに星がひとつ煌《きら》めいていた。

五

見世に戻るとお妙がひとりで客に出ていた。皿に煮付をよそっている。

いらっしゃいましと声をかけ、七輪へ目をやれば、焼き網ははずされていた。

焼きまんじゅうはすべて売れたようだ。

お妙が、おせいなら二階だと指で天井をさした。

見世を閉め、下から夕餉に呼んでも、おせいはおりてこなかった。

お雅は握り飯を盆にのせ、二階部屋の前に立った。

「おせいちゃん、いいかしら」

襖《ふすま》を開けたら、おせいは灯りもつけずに窓辺に座り、外の暗い裏庭を見おろしていた。庭のむこうは町家の板壁で、その先は道を跨《また》いで京橋川が流れている。

「焼きまんじゅうは売り切れたわよ」

お雅はなかに入り、盆を置いて角行灯に灯りをつけた。

「風邪を引くわよ」

夜はやはり寒さが戻る。

裏庭のように、しんと静かな娘の横顔に、お雅は「ごめんなさいね」と謝った。

「平六さん、いいえ、条作さんを連れてこられなかったわ。どこに住んでいるかもわからずじまいで」

「いいんです。お父っつぁんは、あたしを見て逃げた。それがお父っつぁんの選んだ道です。お父っつぁんはあたしたちを捨てた。それがよくわかりました」

おせいは外に目をやったまま、紫色の唇を震わせた。

「馬場にいなさったの。前にもいちどそこで会ってね。江戸は馬まで違うが、目を瞑って嘶きを聞いていると、懐かしい昔を思い出すと言っていなさったわ」

おせいはなにも言わない。川を舟がゆくのだろう。櫓《ろ》を漕ぐ物悲しい音だけが冷たい夜風に流れて聞こえてきた。

「そろそろ障子戸を閉めなさいね」

それだけ言って、お雅はそっと部屋を出た。

その夜もだいぶ更けたころ、お雅は人の気配を感じて浅い眠りから目が覚めた。

「誰っ」

お雅は寝床から半身を起こした。

「女将さん」

部屋の前でお雅を呼んだのは、おせいの声だった。

お雅は半纏を羽織り、急いで襖を開けた。暗い廊下におせいは膝を揃えていた。

「まあ、こんなところで」

立たせようと腕をとると、娘の体は氷のように冷たかった。

「こんなに冷えて。とにかくお入りなさいな」

しかし娘はお雅に両手をついた。

「女将さん、お願いがあります」

おせいの頼み事を聞き終えて、お雅はわかったとこたえた。

「すぐにとりかかりましょう」

「ありがとうございます」

廊下に額をつけるおせいを今度こそ立たせ、お雅は娘と一緒に梯子段をおりていった。


ほんの少し前までは、白い息をあげて職人たちが朝餉を食べにやってきたのに、いまはもう息は見えない。こんなところにも春を感じる。だからというわけではないが、今朝はいちだんと職人たちの食べっぷりは旺盛《おうせい》だ。

お雅とお妙は次々入る注文に大わらわだ。そのうしろの板敷きで、おせいはもくもくと手を動かしていた。擂鉢に味噌だれをつくる。

おせいが粉にまみれた手を洗い、湯気が勢いよくのぼる蒸籠のなかで、白く丸いものがふっくらと蒸しあがるころには昼近くになり、織元の主人のところの手代が娘を迎えにやってきた。

「女将さん、こんなにまでしていただいて」

お雅が寛太の駄賃に使っただけで、残った金を手代に返していたら、帰り支度を整えたおせいが板敷きにあらわれて恐縮した。

おせいの足許は真新しい足袋に包まれていた。

昨日、平六と別れてから、お雅はどうにもやるせない気持ちを抱えて宵の町を歩いた。平六の話を聞いた後では見慣れた町はよそよそしく、冷たく感じた。暗い道の先は人を飲み込まんと、深い穴がぽっかりと開いているように思えた。

そんな暗い通りに、ひときわ明るい灯が目にとまった。

いまは見世の常連である女隠居のお店の、足袋問屋であった。

お雅は足袋を模《かたど》った絵看板を見あげ、明日には別れる娘を思った。

「寸法があってよかったわ」

新調した足袋は、布地はしっかりと厚くよい品であった。これなら草鞋を履いても痛くなかろう。きっと奉公先でも重宝する。

「それからこれも」

お雅は袂《たもと》から手絡《てがら》をとりだした。ここでのことが、つらい思い出ばかりでないように。そう願い、これも帰りに小間物屋で求めたものだ。

お雅はおせいの、娘にしてはそっけない髪に濃い桃色の手絡を結んでやった。

「うん、おせいちゃんによく似合うわ」

「女将さん……」

おせいの目が潤んでゆく。お雅がはじめて目にする、この娘の涙であった。

そいじゃあ、と手代が声をかけた。おせいはうなずき、草鞋の紐を結んだ。

お雅とお妙は、おせいを表まで見送った。

「おせいちゃん元気でね。あたし手紙を書くわ」

お妙は洟《はな》をずびずびいわせている。

「うん、あたしも」

それから女将さん、とおせいは赤い目をお雅にむけた。

「わかってる。あとのことは心配しないで。達者で暮らすのよ」

「はい、女将さんも、お妙さんも。ほんとうにお世話になりました」

おせいは深く辞儀をした。が、頭をあげた娘は、はっと顔を強張らせた。

お雅はうしろを見返った。

煙草屋の角に男の肩先が見えた。隠れているのは平六であった。

「待ってて」

「女将さん」

連れてこようとするお雅の腕を、しかしおせいは摑んだ。

「おせいちゃん、でもね、もう」

おせいはお雅へ首をふり、にっこり笑う。そして大きな声を張りあげた。

「女将さん、おっ母にはおっ父は死んでいた、そう伝えるべ。そんならおっ母も気に病むことなく後添いにいけるというもんだ。いいひとの女房になれるべい。弟も懐《なつ》いとる。おらは……おらは奉公さ出て頑張るべーよー」

おせいはふたたび頭をさげた。そのままお雅たちに背をむけ、手代のうしろをついていく。

お雅の横に平六が立った。平六は丸い背で、娘のうしろ姿をじっと見つめている。

「平六さん、お菜を買っていかれませんか。おせいちゃんが焼きまんじゅうを拵えていってくれたんですよ」

「おせいが」

「ええ、それで頼まれちまいましたよ。おっ父が寂しそうにしていたら、焼きまんじゅうをつくってやってくれって。やさしい娘さんですねえ」

「おせい……」

平六が膝から崩折れた。拳を握り締め、嗚咽《おえつ》をもらす。

おせいはふり返らず遠ざかってゆく。道を曲がって、とうとう見えなくなった。

お妙が炙る焼きまんじゅうの香ばしい、いい匂いが漂ってきた。

旭屋のひなまつり

一

春分を過ぎれば陽気もぐんとよくなり、巷《ちまた》はとたんに花見だ、潮干狩りだと浮き立つ。それは旭屋《あさひや》に朝餉《あさげ》にやってくる職人たちもで、連日、上野のお山は咲きはじめた、日本堤はまだなぞと飯粒を飛ばして言い合っている。

桜も磯遊びも楽しみだが、お雅《まさ》には別に楽しみにしていることがあった。もの、といったほうがいいか。それを運んできてくれるのは青物の棒手振《ぼてふ》りで、お雅は今日か明日かと待ちわびていた。

ようよう持ってきてくれたのは、いつものように職人たちを見送ったあとの、三月はじめの朝だった。

「女将《おかみ》さん、お待ちかねのもんですぜ」

棒手振りは天秤棒で担いできた籠《かご》を見世土間にどんと置く。牛蒡を洗っていたお雅は濡れた手を前垂れでふきふき、勇んで籠をのぞいた。

「ああ、今年もやっとお目にかかれた」

籠のなかには土のついた筍《たけのこ》が重なり合っていた。

「まだ土が湿ってますよ」

お妙《たえ》も寄ってきて、ひとつ手にした。

「あたぼうよ。掘りも掘りたて、目黒の朝掘りだぜ」

船で目黒川をくだって、さらに品川から江戸湾を早舟で運んできた貴重なものだ。とくに旬の走りのいまごろは、料理茶屋が買い占めてしまうため、お雅のところのような小さな煮売屋には、なかなかまわってこない。

お雅も手にとってみた。筍は棒手振りが自慢するだけあって、小ぶりで形のよい、しっかり重みもあるよいものだ。

「待たせた詫びにみんな置いていきやすよ」

「まあ、うれし」

「よかったですねえ、女将さん」

手をとらんばかりによろこぶふたりに、棒手振りは持ってきた甲斐があったと笑う。

「とびっきり、うまいもんをつくってくだせえよ」

「ええ、まかせといて」

棒手振りが帰ったあとの調理場で、お雅は襷をきゅっと締めなおし、さっそく料理にかかった。

土がついた外皮をむき、出刃で筍の穂先を斜めに落とす。さすが朝掘りだ。柔らかく難なく切れた。青く、ほんのり甘い香りが鼻先で弾ける。

「春の香りねえ」

こんどは皮のうえから縦に深く切り込みをいれる。

お妙は竈《かまど》に鍋を据え、水をたっぷりと注ぎ、米ぬかと鷹の爪をいれる。これで筍を下茹ですれば、灰汁《あく》やえぐみが抜けるのだ。去年の春に教えたことだ。

「覚えていたのね」

「そりゃ、もう」

お妙は得意げに小鼻をふくらます。

「もうひとつ大事なことも覚えていますよ。皮のまま下茹でするんですよね」

そうすることで旨みが逃げない。これはお雅が里の料理茶屋の跡を継いだ兄から教わったことだ。

お雅は鍋のなかに筍をすべて沈めた。竹串がすっととおるまで茹でたら、鍋を火からおろし、茹で汁とともに冷ます。すっかり冷まし終えたら、筍の先のほうの姫皮を残して外皮をがばりとむき、水に晒す。あとは柔らかい部分は厚めに、根元の固い部分は薄めに切り、鰹の出汁にほんの少しの醤油と酒でじっくり煮てゆくのがお雅流だ。

昼前から煮はじめた筍は、夕餉《ゆうげ》のお菜にどうにか間に合った。

お雅は旭屋の軒行灯《のきあんどん》を点した。おっつけ夕七つ（午後四時）の霞がかった空はまだ明るいが、夕餉のお菜をならべた合図だ。

「まあ、筍じゃないか」

見世棚の筍をいち早く見つけたのは、三十間堀一丁目の長屋のおかみさんで、常連である大工の女房のお牧《まき》だった。一緒にやってきたおかみさん連中も、「待ってました」と歓声をあげる。

「ふふ、そのとおり」

筍は若竹煮にした。大皿に盛ったうえに木の芽をこんもりのせ、煮汁をさっとくぐらせた若芽を添えた。お菜はほかにメバルの煮付、わけぎと浅蜊《あさり》のぬた、たらの芽の白和えだ。

「まさしく春たけなわだねえ」

おかみさんたちはお菜を眺めて目を細める。

「だけどさあ、女将さんのこんな料理を見ていたら思い出さないかい」

お牧がひとつため息をついた。

「ほら、去年のお花見だよ」

ああ、楽しかったねえ、とおかみさん連中も切なげなため息だ。

去年、長屋のおかみさんと子どもたちは、差配の好意で愛宕《あたご》山に花見に出かけた。その折お雅は頼まれて、花見弁当に腕をふるったものだ。

「あたしらさ、今年もまた女将さんのおいしいお弁当を持って、花見に行けるもんだと思っていたんだよ。そんで差配さんにいつですかって、おうかがいを立てたら」

──そんな毎年連れて行けるわけないだろ、なに寝ぼけたこと言ってんだい。

「と、こうさ。そりゃそうだよね、この前は差配さんが身銭を切ってくれたお陰で行けたお花見だったんだもんね。文句なんて言ったら罰があたるよ」

お牧の言葉に、おかみさんたちも「まったくだよう」とうなずくが、みんな残念そうだ。子どもたちも萎《しお》れていると聞けば、お雅の気持ちも重くなる。

慰めの言葉を探しているところへ、こちらも常連である、おようがやってきた。

みんなにお帰りと迎えられたおようは、人いきれに酔っちまったと嘆息した。

どうしたんだいと聞くおかみさんたちに、ほら、雛市《ひないち》だろと顔をしかめる。

おようが通いで奉公する袋物問屋は尾張町にあり、先月の二十五日から雛市が立っていた。雛市といえば日本橋を渡った十軒店が有名だが、尾張町や麴町、人形町にも立っている。どこもすごい人出だ。おかみさんたちも、ああ、と納得だ。

「でも雛市もあと一日だよ」

おようの言うとおり、市は三月の二日まで、明日で終わりだった。

そして明けて三日は桃の節句である。女子の成長と幸せを願う。

この日は手習い処も休みで、町家や商家では、家の女たちが寄って節句を祝う雛祭《ひなまつ》りをする。親戚や娘の諸芸の師匠に季節の品を贈ったり、なかには親しい者を招いて祝いの宴を催す家もある。

「うちのお路《みち》も樽源《たるげん》さんのお嬢さんに呼んでもらっているんだよ」

そう言ったのは、お牧と同じ長屋のおかみさんで、桶職人の女房のおなみだった。ふっくらとした色白の女房だ。

樽源は京橋川を北へ渡った本八丁堀にある大きな樽問屋で、桶も扱っている。

「うちの亭主が仕事をもらっていてね。もう長い付き合いなんだよ」

樽源のお春《はる》という末娘と、おなみの娘のお路は十三の同い年で、こちらも昔から仲がいいのだという。お春のうえには姉がいて、この姉の友だちの家いえと毎年順ぐりに招き合い、今年は樽源での祝いの宴ということで、お春の友だちも呼んでいいことになり、それでお路が招待された。

「まあ、それじゃあお路っちゃんはよろこんだでしょう」

お雅もお路は知っている。磯谷《いそや》の手習い処の習子で、拾い猫のときに貰い手を探すのを手伝ってくれた。笑うと八重歯がのぞく。そんな笑顔をお雅は思い浮かべた。

「ええ、そりゃあもう」

なにを着せていこうか、いまから頭が痛いと言いながら、おなみの口許は綻《ほころ》ぶ。

しかしすぐに困り顔になった。

「どうしたんだい」お牧が聞いた。

「それが、妹のお秀《ひで》に内緒にしていたのがバレちまって、あたしも姉ちゃんと行くってきかないんだよ。いまも家でお路がこんこんと言い含めているところさ」

「今朝から聞こえていたお秀ちゃんの大泣きの理由《わけ》は、それかい」

お牧は、そりゃ困ったねえと薄い眉を寄せた。

姉のうきうきした理由を知れば、そりゃあ、お秀だって行きたくもなる。だが妹は呼ばれていない。お路にしたってはじめてのことで、連れて行くわけにもゆくまいし、妹も呼んでくれとも言えまい。

ほんに、どうしたものか。お雅もおなみのように困り顔になっていたら、お牧が、ぽんと手をうった。

「そいじゃあさ、明後日はこっちも集まって桃の節句の祝いをしようじゃないか。女将さんとこでお菜を見繕ってさ。そしたらお秀ちゃんもだだをこねたりしないだろうよ」

ほかのおかみさんたちも「いいね」と乗り気になった。

「そうかい、そうしてくれるかい」

悪いねえ、と詫びるおなみも、ほっとする。

「いいんだよ。そのかわりと言っちゃあなんだが、草もちをご馳走しておくれよ。

今年も拵《こしら》えるんだろ」

お牧は、おなみが桃の節句には男雛女雛を色紙で折り、蓬《よもぎ》で草もちをつくるのだと皆に教える。

「やさしいおっ母さんですねえ」

娘たちの幸せを願うおなみの想いが、ひしとお雅の胸に伝わってくる。

「なに、貧乏所帯はこんなことぐらいでしか祝ってやれないからさ」

おなみは「もち米をもう少しばかり水に漬けておこうかねえ」と算段する。

その横で、おようが首をかしげた。

「ねえ、去年の節句は女将さんとこで、どんなお菜を買ったんだっけか」

そういやそうだねえ、とお牧もほかのおかみさんと顔を見合わせる。

お雅もはたと考えた。花見弁当で頭を悩ませたことは憶えているが、桃の節句になにを拵えたか判然としない。

「あら、なんだったかしら」

「女将さん、霰《あられ》をくばったんですよ」

悩むお雅に、お妙がぼそりと教えた。

「ああ、そうだった」

去年は二月の終わりに風邪を引いたんだった。お雅は煎じ薬の苦い味と一緒に思い出す。寝込むほどでもなかったが、鼻が詰まって味の善し悪しがはっきりせず、お菜はつくり慣れたものばかりにし、桃の節句にこれといったものを出せなかった。そのかわりに、お客さんに霰の小さな包みをひとつずつ渡したのだった。

お牧も、そうだったそうだったと思い出している。

「だったら今年はなにかつくっておくれな。それを買ってあたしら、おなみさんとこへ集まるからさ」

お祝いだから豪勢にしたいところだが、昼間の女だけの宴は亭主に遠慮もある。

「まあ、昼餉《ひるげ》も兼ねるってことでさ」

おかみさんたちは、「気軽に買えて」「お腹もいっぱいになって」「華やいだ気分も味わえたらなおいいわあ」と好き勝手を言う。

「ちょっと待ってくださいな」

お雅は慌てた。

「そんな顔をしなさんな。女将さんならぴったりのお菜がつくれるよ」

お牧が太鼓判を捺《お》す。

「あたしも奉公の帰りに必ず寄るからさ、知恵をしぼっておくれな」

およう は楽しみができたとうれしがり、今日はこの筍をもらうよと小鍋を差し出した。

「おいしそうだ。たくさんおくれな」

「ちょいと、あたしもだよ」

お牧が丼鉢を、ほかのおかみさんたちも先を競うように小鍋や皿を突き出した。

お雅はたっぷりの煮汁と一緒に、それぞれの器に若竹煮をよそった。


お雅は自分たちの夕餉の膳にも若竹煮をのせた。しゃくっと嚙めば、口のなかに鰹の出汁がひろがり、ついで筍のうすい渋さと甘さが満たしてゆく。土から顔を出したばかりの、みずみずしい香りが鼻から抜ける。

「味がよく染みて、おいしいわね」

それにしても――。

なんとも難しい注文を請けたものだ。さて、なにがいいか。

「節句だからって、これを食べるという決まりはないし。そうだ、しいていうなら貝のさざえかしら」

娘のころの桃の節句を思い返せば、祝いの蝶足の雛膳には、さざえの料理が必ずのっていた。たしか膾《なます》だった。

「でも昼餉も兼ねるってことだし」

お菜をあれもこれもと買えはしない。

「となると、ご飯ものがいいかしらねえ」

そこでお雅は、おや？ と思った。いつもならこういうことに人一倍張り切る娘が話にのってこない。お妙は浮かない顔で筍を口にしていた。そういえば、夕方のおかみさんたちとの話の輪にも、あまり入ってこなかった。

「どうしたの、どっか具合でも悪いの」

お妙が、ぼんやりと膳に漂わせていた視線を、はっとお雅に戻した。

「いいえ、どこも」

口のなかの筍をさくさく小気味よい音をさせて嚙んで飲み込み、そうですねえ、と浮かぬ顔のまま考えはじめた。お雅の話は聞いていたようだ。

「お赤飯はどうですか」

祝いといえばやはり赤飯だと言う。小豆の赤は祝いの赤だ。

「それもいいんだけど」

代わり映えしない。

「じゃあ、筍飯」

お妙は小鉢の筍を箸で摘む。

「そうねえ」

筍飯はお雅も好きだが、華やいだ気分というには、ちと遠いか。

ぴんとこないお雅に、お妙は「浅蜊飯、菜飯」と次つぎ言ってゆく。

「もう尽きましたよ」それでも、ええっと……と考えて、

「握り寿司」と言った。

寿司と聞いて、お雅の気持ちは動いた。

「寿司か。そうね。……ねえ、ちらし寿司なんてどうかしら」

「女将さん、いいじゃないですか、ちらし寿司。持ってきてもらった器に盛ればいいですし、お見世にもならべるなら、お客さんには竹皮に包んでお渡しもできますし」

お雅も見世で出せたらと思う。でもそうなると——。

「器はいいとして」

竹皮はどうだろうとお雅は思った。いざ食べようとひろげたら、きれいに飾りつけた具があちこち寄ってしまっていては、いただけない。

「そうかあ、そういうことにも気遣いがいるんですねえ」

お妙は箸を置いて腕を組む。

「ちらし寿司はいいと思うのよ」

夕餉を終わらせ、膳を流しに運ぶ。お妙が洗って、お雅は板敷きで器をふいていく。平皿、小皿と重ね、戸棚にしまう。さあ、終わったと立ちあがったら、戸棚のうえに置いていたものに目がいった。横長の箱——もろ箱だ。

夏に心太《ところてん》を固めるのに使ったものだ。いまは焼きまんじゅうの丸めた生地をならべ置くのに使っている。

箱——。お雅は一計を思いついた。

「ねえ、箱寿司はどうかしら」

簡単にいうと押し寿司だ。以前はよく売り歩く行商人がいたが、世間に握り寿司がひろまってから、その姿もとんと見なくなった。

「このもろ箱にちらし寿司を詰めて、うえから押すの」

とはいっても、売られていたもののように重石をしたり、ぎゅうぎゅう押したりしない。軽く押さえるぐらいだ。これなら適当な大きさに切れ、器にひとつひとつ盛りつける手間もなくなる。具だって寄りづらい。竹皮にだって包めるし、お客も手軽に買ってくれるだろう。

「いいですねえ、女将さん。ちらしの具はなんにします？」

お妙の声は明るい。顔もいつものはつらつとした表情に戻ってきた。

「そうねえ、まず筍でしょ。それから海老に——明日さっそく魚屋さんと青物屋さんに注文しなきゃ」

「玉子問屋さんにもですね。それから」

「書き留めるわ」

お雅は急いで茶の間にとって返し、筆をとった。

二

三日は朝からあいにくの雨模様であった。どんよりし、いつ降ってくるかもわからない。が、そんな天気を払うように、旭屋の煙出しからは、すでに三度目の米を炊く湯気が盛大にのぼる。

お雅は額に汗して板敷きで箱寿司づくりに精を出していた。

商い物としては、はじめてのことである。慎重につくらねばならない。

だからこの日は思いきって、昼から見世に出すお菜をこの箱寿司一品とした。金糸《きんし》玉子はできている。昨日、棒手振りに無理をいって仕入れた筍や海老は、薄味で煮含めておいた。椎茸は甘辛く飴色だ。これらを細かく刻み、まずは筍と海老を酢飯に混ぜる。

この様子を今朝もわいわい飯を食べている職人たちが、床几《しょうぎ》から首を伸ばして眺めていた。「そりゃあなんだい」と興味しんしんだ。

「今日は桃の節句ですからね、箱寿司を拵えているんですよ」

具を混ぜた酢飯をもろ箱に一寸（3センチ）ほどの厚さにひろげて、お雅はこたえた。

「桃の節句かあ、そういや姉ちゃんどうしてるかなあ」

「おいらの姪っ子も大きくなったろうなあ」

久しぶりに身内を思い出す者がいる。

「箱寿司かあ、おいらも食いてえなあ」

「たくさんつくりますからね。仕事帰りに寄ってってくださいな」

職人たちをいってらっしゃいと送り出したあとも、箱寿司づくりはつづく。ひろげた酢飯のうえに、刻んだ飴色の椎茸をのせてゆく。そのうえにまた筍と海老を混ぜた酢飯を盛る。平らにひろげ終えたら、酢水で湿らせた板で押さえる。

「いよいよ飾りつけですね」

朝餉の片づけをすませたお妙が、板敷きにあがってきた。お雅の手から板を受け取り、丼鉢を渡す。なかは金糸玉子だ。それをお雅は酢飯が隠れるまで、たっぷりと敷きつめた。飾りつけ用に大きくぶつ切りにして煮含めた海老、甘辛い椎茸の薄切りを全体に見目よくのせ、仕上げに木の芽をちらす。そしてまた板で、こんどは軽く押した。

「できた」

お雅は額の汗を手の甲でぬぐった。

いちめんの金糸玉子の黄に、海老の赤、木の芽の緑に椎茸の飴色と彩り豊かだ。

「わあぁ、女将さん、まるで春のお花畑のようですよ。きれい」

お妙はうっとりだ。

「さあ、ここからも気が抜けないわよ」

お雅は包丁を酢水で濡らし、横長のもろ箱の縁と平行に、寿司に包丁をいれていった。三寸の幅で四段とれた。お次は縦に直角ではなく、斜めに包丁をいれる。

「斜めにですか」

お妙が不思議がる。

「見てごらん。お皿を一枚お願い」

「はい」

お雅は切ったひとつを皿にとった。

「あっ、菱形《ひしがた》。菱餅にちなんだんですね」

「どう、お祝い気分も盛りあがるでしょう」

椎茸の飴色を間に挟んだことで断面もきりりと引き締まり、きれいだ。形も具も崩れてない。我ながらうまくできて、お雅の気持ちも浮き立つ。

昼前には箱寿司を盛った大皿がずらりと見世棚を飾った。

お妙の言葉を借りるなら、見世棚が花畑のようだ。

白酒、しろざけえー。

見世の前の通りを天秤棒を担いだ白酒売りがとおり過ぎていく。そのうしろから、お牧たちおかみさん連中がやってくるのが見えた。

「わあ、なんとも壮観な眺めだねえ。菱形のお寿司とは、考えたもんだ。さすが女将さんだよう」

「ほんにほんに、ずんと華やかだ」

おかみさんたちは大満足のようだ。さっそく注文してくれた。

「ありがとうございます」

お雅は受け取った皿に笹の葉を敷いて、箱寿司をよそった。

皿を手に、おなみのところへ向かうおかみさんたちを見送るそばから、箱寿司を目にした者が足をとめる。お雅が竹皮でお包みしますよと伝えると、そいつはいいや、と買っていってくれた。

それからも寿司の売れ行きはまずまずで、昼の客が落ち着く八つ（午後二時）には、隣の傘屋の女房が最後のひとつを買っていき、売り切れてしまった。

「よかったですねえ、女将さん」

「ほんにねえ」

お客に、なんだお菜はこれだけかい、と文句を言われる覚悟もしていたお雅だが、みんな嬉々と買っていってくれたことに、心の底からほっとした。

「さあ、わたしたちもお昼にしましょうか」

「あれですね」

お妙が板敷きに振り返って指さしたのは、菱形にとったあとの、もろ箱の隅に残る形もまばらな寿司だった。

「お妙にもきれいなお寿司をとっておいたらよかったわ」

年頃の娘が、せっかくの桃の節句に残り物では味気ない。

「いいですよ、これで十分です。もうひとつもらっちゃお」

お妙は大きめの皿にかえて、ふたつよそった。

「そいじゃあ、具をもっとおのせなさいな」

せめてきれいに飾り直してやりたくて、菜箸をとろうと調理場に身をひねったときだった。見世の前をお路がとおっていった。

「あら……」

今日は樽源で節句のお呼ばれと聞いていた。いまから行くには遅いし、お開きになるにはちと早かった。集まった娘たちも各々の家での祝いがあるだろうから、早くお開きになったのかもしれないが、だとしても歩いていったのは、お路が住む長屋とは逆の方角であった。うつむいて歩く姿も気になる。

「女将さん、いまのお路っちゃんですよね」

お妙も見たようだ。

「やっぱりそうよね。ちょっと留守をお願い。あ、先に食べてて」

お雅はお路のあとを追いかけた。

三十間堀沿いにある稲荷まで来たとき、空から雨が落ちてきた。

「あらやだ。とうとう降ってきたわ」

道の角を左に折れ、町家が切れてひらけた橋のたもとに出ると、真福寺橋のうえにお路がぽつねんと佇んでいるのが見えた。流れる京橋川をのぞき込むように眺めている。

お路は胸に重箱を抱えていた。きっとおなみが持たせた草もちが入っていたのだろう。その重箱から、お路の手が離れそうになった。いまにも川へ落ちてしまいそうで、

「お路っちゃん」

お雅はとっさに娘の名を呼んだ。お路はびくっと肩を震わせ振り返った。

「旭屋の女将さん」

こちらへむけた目はうっすら赤く、お雅を呼ぶ声は湿っていた。

「どうしたの。お友だちのところのお節句のお祝いは、もうすんだの」

問うて、お雅はお路のそばへ寄っていった。

「帰ってきたの」

お路は目を川へ戻した。川面は暗い灰青の空を映し、雨粒の波紋を描いていた。

「そう……かしてごらんなさい」

お雅はお路の手から重箱を引きとった。持ってやるとそれは重かった。中身が入っているということだ。お路が身を固くする。

「風邪を引いたらたいへんだ。見世においでなさいな、ねっ」

お雅はお路の背をそっと旭屋へ押した。

手拭で濡れた頭や肩をふいてやり、奥の茶の間にお路を座らせた。温めてやろうとお雅は急須に鉄瓶の湯をさした。お妙は板敷きでこっちに背をむけ、昼餉を食べている。

「喧嘩でもしたの」

聞けばお路は首を横へふった。

「お春ちゃんちのお雛さま、すっごく立派だった」

最初は楽しかったとお路は言った。

「おめかししたお春ちゃんに迎えてもらって」

――お春ちゃん、すっごくきれい。

――ありがとう。お路っちゃんもその赤い手柄がよく似合ってるよ。

――えへへっ、ありがと。

――お雛さまはこっちだよ。

――うん。

お春とふたりでお雛さまを眺め、大きくなったらどんなひとのお嫁さんになりたいか言い合った。

「お路っちゃんはどんなひとのお嫁さんになりたいの」

「あたしは大工」

「まあ、大工さんがいいの」

お妙の肩がぴくりと動き、お雅は忍び笑いをもらす。

それからお路はお春の部屋で、いろんな千代紙を見せてもらっていたという。

しばらくして、祝いの膳の支度ができたと女中が呼びにやってきた。

お春に手を引かれていってみると、お雛さまが飾ってある座敷と次の間との襖が取り払われていて、幾つもの膳が向かい合わせに据えられていた。

膳の前にはすでに姉の友だちらが座っていた。皆どこかのお店のお嬢さんらしく、振袖にびらびら簪《かんざし》を挿して着飾っていた。長屋の子はお路だけだ。

「みんな、あたしが入っていくとじろじろ見て、ひそひそ話すの」

お路はぎゅっと着物の袖を摑んだ。海老茶の地に格子柄の、こざっぱりとした木綿の着物だ。お春が褒めた赤い手柄がかわいい。母親のおなみが娘にしてやった精一杯のおめかしだ。

お路はその場の雰囲気にたじろぎながらも、お春に言われた席についた。

「もうすっごいお膳なの。三つもあって」

料理屋か仕出し屋からとり寄せたのだろう。

「でもね……」

「ええ、どうしたの」

お雅は大ぶりの湯呑みに番茶を注ぎ、話の先を促した。

娘たちのひそひそは、お路が膳の料理を食べはじめたら、くすくすに変わっていったという。

「あたし、あんな大きな尾頭つきの魚なんて見たことなくて。どうやって食べていいんだかわからなかったの。残しちゃいけないと思ったし、だから箸で一生懸命むしったの。そしたらお春ちゃんのお姉さんが」

――それは食べずにお家に持って帰ればいいのよ。みんなそうするから。

周りの娘たちのくすくすは大きくなる。お路は顔を真っ赤にしてうつむいた。もう膳に箸をつけられず、膝のうえで握り締めるしかなかった。そうこうしているうちにお春の母親が座敷に顔を出し、お雛さまにお供えしてある皆が持ってきたお土産《みやげ》を、お分けなさいなと女中に運ばせて出ていった。そのなかには、お路が持ってきた草もちの重箱もあった。

娘たちが持参してきた品は、どれも見るからに高そうな木箱の菓子折りで、色鮮やかな干菓子や有平糖や練りきりが入っていた。お披露目されるたびに娘たちは歓声をあげ、あれがいい、これがいいと手にとっていった。が、お路が持ってきた重箱の蓋が開いたときだけ、賑やかだった座敷が静まった。

——なあに、これ。

——草もち。おっ母さんが拵えたの。

——ふうん。

——お路っちゃんのおっ母さんの草もちはおいしいんだよ。

お春はそう言ってくれたが、手にとろうとはしなかった。お路と目が合うと、すっと視線を逸《そ》らした。

「それからみんなは貝合わせっていう遊びをしたけど、あたしはお腹が痛いからって先に帰ってきたの」

そのときに草もちも持って帰ってきたという。結局誰も食べなかったし、

「置きっぱなしで、乾きはじめていたから」

でも家に持って帰れやしない。

「だって、おっ母さんが悲しがる」

家に戻りかけた踵を返し、橋のうえでどうしようと途方に暮れていたのだとお路は話した。

「お金持ちの子の家に、あたしみたいな裏店《うらだな》の子が呼ばれていくのは場違いだって、よくわかった。暮らしが違うって大人は言うけど、こういうことなんだね。あたし、行かなきゃよかった」

お路は草もちをもらってくれとお雅のほうへお重を押した。

「それと、このことはおっ母さんには黙ってて」

お願い、と頭をさげる。

「わかったわ」

お雅はこたえ、お重を引き寄せた。

三

夕方の客にも菱形に模《かたど》った箱寿司は好評だった。おようなどは奉公仲間の縫子たちを連れてきてくれ、お陰でこの日は昼につづけて売り切れとなった。

こんなことは滅多にない。うれしいのに、お雅の気持ちはお路のことで重かった。お妙もお路の話を聞いてから口数が少ない。

「そうだ、草もちをいただきましょうか」

お路に傘を持たせて送り出してから、夕方の支度でばたばたして、まだ手をつけていなかった。

お雅は、あまり箸がすすまぬ夕餉の膳を脇にのけ、重箱の蓋を開けた。

まさに蓬色の、小ぶりな草もちが行儀よく納まっていた。

お雅は草もちを皿にひとつとった。

「まあ、おいしいわ」

草もちは十分やわらかく、餡の甘さもちょうどいい。蓬の香りもさわやかだ。

お牧がご馳走してくれと催促するのもうなずける。

「お妙もいただきなさいな」

ひとつ皿にとり、渡した。

「ほんとだ。おいし」

だがひと口だけで、お妙は「桃の節句に罪はないんでしょうけど」と深いため息をついた。

「お路っちゃんの友だちの、お春っていう子はまだいいですよ。あたしははっきり意地悪をされましたからね。友だちなんかじゃなかったですけど」

鼻の頭に皺《しわ》を寄せたお妙は、昔のことだといって話し出した。

「その娘の家は乾物の小商いをしていましてね」

周りの家より羽振りがよく、ある年その子はお雛さまを買ってもらったと自慢して、桃の節句に飾るんだと近所の女の子たちに触れまわった。

——いいないいな。ねえ、あたしにも見せて。

——えー、どうしようかなあ。お雛さまを触らない？ そう、じゃあいいよ。あんたも、それからあんたも見に来ていいよ。

しかしお妙は誘われなかった。それでも節句になり、飾ったと聞けば見たくなるのが人情だ。お妙はその子の家の庭先からそっとなかをのぞいた。座敷の奥に子どもたちが集まっているのが見えた。もう少し。お妙は縁側に手をついて身を乗り出した。が、お妙に気づいたその家の娘は、小走りでこっちへやってくるや、座敷の障子をピシャッと閉めてしまった。楽しそうなみんなの笑い声だけが障子の向こう側から聞こえてくるばかりだ。

「いまなら、見て減るもんじゃなしと文句のひとつも言ってやるんですけどね」

話し終えてお妙は苦笑する。

「でも、あのときはまだ子どもだったし、そりゃあ悲しかったですよ。なんていうか、みじめな気持ちになりました」

未だに桃の節句と聞けば、そのときのことを思い出して胸が痛くなるという。お妙が節句で盛りあがるおかみさんたちの輪に入らず、祝いの料理を考えているときも浮かぬ顔をしていたのは、だからだったのかとお雅は腑《ふ》に落ちた。

すみませんとお妙は小さく詫びる。

「いいのよ」

お雅はお妙の皿に草もちをもうひとつのせてやった。

お妙は皿を見つめ、「ねえ、女将さん」とお雅に問う。

「お路っちゃんもあたしのように、桃の節句と聞けばこれからずっと、今日のことを思い出すんでしょうか」

そうだったらかわいそう。お妙は低く呟いた。

その夜、お雅は寝床に横になってから、娘時分の桃の節句をつらつらと思い出していた。お雅は招く側であった。

巣鴨の実家である料理茶屋の裏の母屋に友だちを呼んで、祝いの宴を催した。座敷には毎年、母の房《ふさ》とお雅の、ふたつのお雛さまを飾った。どちらも御殿づくりの豪華な雛飾りだった。

招いた客は商家や、同じ料理茶屋を営む家の娘たちが多かった。皆、今日の樽源に招かれていた娘たちのように、振袖で着飾っていた。それはお雅もだ。が、招いたなかには、お雅の家の料理茶屋で働く仲居の娘たちも何人かいた。

あの娘たちの形《なり》はどんなだったか、表情は——。

思い出そうとしても、春の霞のように記憶は朧《おぼろ》であった。

もしかしたら——とお雅は懸念する。今日のお路のような悲しい思いをさせていなかったかと。あからさまではなくても、いや、己のそうした態度に気づかず、傷つけていたのではないかと。そう考えると寝床のなかで嫌な汗が湧いた。

——お路っちゃんもあたしのように、桃の節句と聞けばこれからずっと、今日のことを思い出すんでしょうか。

お妙の声が耳に残る。

そうだったらかわいそう。呟いた翳《かげ》のある顔も。

こんどのことを塗りかえてやれたならどんなにいいだろう。お雅は切に思う。だったらお路っちゃんを呼んで、節句のやり直しをするっていうのはどうだろう。そうだ、お路っちゃんの妹も呼んで。

しかしお雅は枕行灯が消えた暗闇に半身を起こし、いいや、と首をふった。やり直しじゃない、この旭屋で改めて節句のお祝いをするというのはどうだろう。長屋や近所の女の子たちを呼んで、心ばかりの祝いの料理と菓子を用意して、女の子たちを寿《ことほ》ぐお祭りをここでしたらどうだろう。

でもいくら心ばかりといっても、元手はいる。お雅に身銭を切る覚悟はあるが、限りもある。ひとりの力だけでは高が知れている。

「どうしたものか」

お雅は体をぶるりと震わせ、しおしおと寝床にもぐりこんだ。

早朝の旭屋の調理場で竈の火が爆《は》ぜた。お妙は炎に顔を赤く照らし、勢いよく燃える薪を崩した。暗い宙に火の粉が舞う。

「そう、火を弱めて。煮立っている湯にいれちゃあだめよ」

お雅はお妙に出汁の引き方を教えていた。見世にならべるお菜は煮物が多い、だから色も味も濃く出る血合いありの鰹節を使う。

お妙はうなずく。削り節を鷲摑《わしづか》みし、もうもうと湯気があがる鍋へ投じた。

「触らないで、しばらくそのままで。灰汁が出てきたら丁寧に掬《すく》うのよ」

お妙はじっと鍋に目をこらす。湯の表面にこんもり山となった削り節が、ゆっくりと浸ってゆく。

「それでさっきの話のつづきですけど」

お妙は湧いてきた灰汁を木杓《きしやく》で掬い、お雅をちらと見た。

朝餉の支度をする合間に、お妙には昨夜お雅が寝床のなかで思い巡らしていたことを切れ切れに話していた。お妙は竈に薪をくべたり、芋の皮をむいたりして、耳を傾けていた。お雅の話が己の昔を思い、嫌な汗をかいたくだりになると、それはないだろうとお妙は言った。どうしてかと尋ねたら、もしそんなことがあったなら、あの大女将さんが黙っちゃいない。きっときつく怒られただろうからと笑った。それもそうだとお雅も思い、納得し、ほっと安堵もした。そしてお妙はお雅の思いつきに「いいですねえ、女将さん」と賛成してくれた。みんなよろこびますよ。お路っちゃんもきてくれたらいいですね。うんと楽しいお祝いにしましょうよ、と。しかし話が費用《かかり》のことになるとこの話はそこで途切れた。

「募ったらいかがです」

お妙は灰汁を掬う手をとめずに言った。

「募るって」

なにを――。

「銭をですよ。費用を集めるんです」

「わたしのただの思いつきよ。出してくれる人なんているかしら」

お雅は旭屋の客たちの顔ぶれを思い浮かべた。見世にきてくれる客の多くが職人やその女房《つま》だ。倹しい暮らしをしている者たちだ。

「そりゃあ、話してみないことにはわかりませんけど。あっ、そろそろいいんじゃないですか」

すべての削り節が鍋底に沈み、よい出汁の香りが立ちのぼっていた。

「そうね」

お妙は、よっと、鍋を火からおろし、出汁を笊《ざる》で濾《こ》した。小皿にとって、お願いしますとお雅に差し出す。出汁は黄金色に揺れている。口に含むとしっかり旨みが出ていた。

「うん、いいわね」

お妙が新たに鍋を竈に据える。

お雅はさっそく煮染めにとりかかった。

職人たちは焼いた鰯を齧《かじ》ったり、煮染めの芋を頬張ったり、熱い味噌汁をすすったりして、お雅の話を聞いていた。

「へえ、旭屋に長屋や近所の娘っ子たちを呼んで、雛祭りをねえ」

「ちょっとした料理と菓子を出してねえ」

「それで力を貸してほしいってか」

「ええ……」

勝手なお願いにお雅の顔は赤くなる。

「けどよ、節句は終わったぜ」

なあ、と男たちは顔を見合わす。

「おいら出すぜ。いつだって子どもにとっちゃあ、うれしいだろうからよ」

いち早く懐の巾着を出してくれたのは、大工の常吉《つねきち》だった。

「常吉さん、ありがとう」

いつの間に用意したのか、お妙が竹筒を差し出す。

そこへ常吉は銭を落とした。ココン、と底にぶつかる軽快な音が鳴る。

「さあさ、ほかに銭を出してやろうって人はいませんかあ」

お妙は竹筒を掲げ、周りを見まわした。

常吉はお妙にほの字だから力になってやろうと思ってくれたのだろうが、ほかは「おれたちには関係ねえよ」と言われるのを、お雅は覚悟した。だが――。

研ぎ職人の男が「おいらも」と巾着の紐をほどいた。

「昨日さ、ここで桃の節句だと教えてもらったろ。でさ、おいら久しぶりに姉ちゃんを思い出してよ、あれからちょいと顔を見せに行ったのよ。そしたらよく来たってよろこんでくれて。手土産の饅頭を渡したら、あんたから土産をもらう日が来ようとはって、泣かれてよう」

おいらやんちゃくれで心配ばかりさせていたからさ、と研ぎ職人の男は頭を掻き、「だから少ねえけどよ」教えてもらった礼だといって、竹筒に銭を落とした。

「おいらもだぜ」

こちらは駕籠《かご》かきだ。

「おいら姪っ子に会いに行ってきたぜ。おじちゃん、て抱きついてきてよう」

おじちゃんだぜ、とでれでれだ。女将さんありがとよ、と銭をいれる。

「なあ、その雛祭りには、あの箱寿司もつくるのかい」

「それそれ、おいら買うからまた拵《こしら》えてくれよ」

「おいらも食いてえ」

昨日食いっぱぐれた者たちが望みを言う。

「だったらお前《め》えらも幾らか銭を出しやがれ。ほらほらほら」

銭をいれた者たちに煽られて、

「わ、わかったよう」

男たちは竹筒に銭を落とす。ほかの者たちもあとにつづき、ありがたいことにお雅が思っていた以上に力になってくれた者は多かった。

「みなさんありがとう。恩に着ます」

お雅は心からの礼を述べ、深々と頭をさげた。

「みんないい男《ひと》たちだねえ」

お妙は職人たちを持ちあげる。

「おいおい、いまごろ気づいたのかよぉ。参ったなあ」

朝の旭屋の土間に、男たちのわっと明るい歓声が湧いた。

四

旭屋で雛祭りをするために銭を集めていることは、何日かすると周りにもひろまった。お牧たちや、ほかの長屋のおかみさんが「うちの子も呼んでくれるかい」と竹筒に気持ちばかりだけどと銭をいれてゆく。親たちの口から伝え聞いたようで、女の子たちは手習いや習い事が終わると毎日のようにやってきては、爪先立ちで見世棚の隅に置かれた竹筒を見あげた。お妙が少しずつ貯まる銭の音を筒をふって聞かせてやると、女の子たちは「昨日より大きくなったんじゃない」と互いに言い合い、にっこりだ。そのかわいらしい姿を見るにつけ、ほんとうにできるかと不安になるが、お妙が玉子焼きに田楽にと祝いの日のお菜を真剣に、また楽しげに巡らす様に、なんとしてもとお雅は想いを強くするのだった。

大口の最初の助っ人は差配だった。

「今年は花見に連れて行けないだろ。大人はまあいいとして、子どもたちの寂しそうな顔を見たらなあ。だから旭屋の雛祭りに、わしも便乗させておくれな」

お雅はこの事をお牧に伝えた。お牧は「差配さんたら」と大そう感激し、「お礼を言わなくっちゃ」と着物の裾《すそ》が乱れるのも構わず、通りを駆けていった。

次の助っ人は、噂を聞きつけてやってきた足袋《たび》問屋の女隠居だった。

隠居は、どうしていの一番に知らせてくれなかったのだとお雅を叱った。

「水臭いじゃないか。わたいはね、お前さんがなにかするときゃ、憚《はばか》りながら後ろ盾になってやろうって、そう決めているんだよ。それにこんな面白いこと、仲間に入りたいじゃないか」

「ご隠居さま」

なんともありがたい申し出に、お雅は見世から出て、隠居の指先が少し曲がった手をとった。

「どうぞお願いいたします。わたしの分《ぶん》を越えた思いつきに、力になってくださいましな」

「そうこなくっちゃ」

隠居はお雅の手に、すでに用意していた包みを握らせた。

「それでいつするんだい。当日は女中のお為《ため》も連れて手伝いにきてやろうさ。そうだ、どこでするつもりだい」

隠居はお雅にあれこれ聞いた。

「費用の目途がつきしだいとは思っているんですが」

まだこの日にやるとは決めていない。

「場所はここ旭屋でするつもりでおります」

奥の茶の間の障子を取っ払い、板敷きとひとつづきにすれば、子どもたちを大勢迎えてもなんとかなるだろう。

その日は見世も開けるつもりでいた。

商いや、お客さんそっちのけではいけない。

そりゃそうだ、と隠居も言う。

「己の商いがおろそかになっちゃ、本末転倒だからね」

ちらりとお雅に投げる眼差しは、長年大店の奥を支えてきた人のそれだ。

「そいじゃあ、お雛さんを飾るのは茶の間なんだね」

「ええ」とうなずきかけて、お雅は口をつぐんだ。

「あんたまさか」

そうなのだ。費用のことばかりに気をとられ、肝心の雛飾りのことをすっかり失念していた。お雅の雛飾りは、離縁したとき巣鴨の実家に預け置いてそのままだ。とりに行ってる暇はなし。己の迂闊《うかつ》さにお雅の顔にかあっと血がのぼる。

「雛祭りにお雛さんなしじゃ、格好がつかないだろ」

そのとおりだ。

「ああ、どうしましょう」

集まった子どもらのがっかりした様子を思い浮かべ、のぼった血がさあっと引いていく。

「しっかりしているようで抜けてるねえ」

「思いばかりが先走って、詰めが甘いとよく母に叱られました」

――まったくお前は、猪《いのしし》でもあるまいし。

隠居がぶっと噴いた。

「猪とはよかったねえ」

「なにもかもひとりじゃできないですよ」お妙が庇ってくれる。

「わたいのがあるにはあるんだが」

と隠居が思案するように呟いた。

「ご、ご隠居さま！」

色めきたつお雅とお妙に、まあお聞きよ、と隠居は手をひろげた。

「あるけどさ、鼠に齧られているかもしれないんだよ」

女隠居は嫁に来るとき一緒に里から連れてきたお雛さまだと話す。だが飾ったのは最初の数年で、奥向きに追われ、産んだ子もみんな男だったものだから、いつしか飾らぬようになり、長い年月土蔵の奥で眠っているのだという。

「まあ、そうさね。いい機会《おり》だ。齧られてたら直しに出すさ。よし、雛飾りはわたいが引きうけるよ」

願ってもないことだが。

「それでは負んぶに抱っこでございます」

軍資金も貰い、そのうえ――。

「いいじゃないか。お前さんの弟子も言ったろ。なにもかもひとりじゃできないって。それにさ、銭を募ったってことは、もうお前さんひとりだけが祝いの担ぎ手じゃないんだ。わたいや、みんなさ。みんなの雛祭りなのさ」

だから頼ったらいいと隠居は微笑んだ。

「とくに年寄りは頼りにされるのがいっとう、うれしいんだからさ」

「ご隠居さま」

「さあ、こうしちゃおれない。お為をお店にやって、いや、わたいが直《じか》にたしかめたほうがいいね」

どんな塩梅か知らせると言い置いて、隠居は慌しく帰っていった。

「ありがたいですね」

お妙がお雅の横に立った。

「ご隠居さま、あたしのこと弟子ですって」

あたし頑張りますよ。お妙は空にぐんと両手を突きあげる。

お雅は隠居の遠くなるうしろ姿に、深く頭を垂れた。


旭屋を挟むようにある三十間堀や京橋川に薄紅の花びらが浮かび、まるで反物の柄のようだと橋を渡る人の目を楽しませている。桜は満開を迎えていた。

夕方にはまだ早く、お菜をならべる前の見世棚にも、花びらが舞い落ちていた。棚をふいていたお雅は、摘んで手のひらにのせた。ケキョケキョと鶯《うぐいす》が鳴く。どこにいるのか、お雅は声のした辺りに目をむけた。向かいの草むらに、ひらひらと蝶が飛んでいる。

「まだうまくないですね。きっとこの春うまれた子ですよ」

見世棚の横に据えた七輪の掃除をしていたお妙も顔をあげ、また鳴かないかと耳を澄ます。と、鳥ではなく人の調子っぱずれの歌が聞こえてきた。

このところ、旭屋の前を茣蓙《ござ》や重箱を背負った花見の一行がとおり過ぎ、夕方近くになるとまた、酒の酔いが残る足どりで家路へつくのが頻繁に見うけられた。いまもどこぞの若旦那たちだろう。千鳥足で帰っていくのか、河岸をかえて呑み直すのか。

「ほら女将さん、あの若旦那ったら、髷《まげ》に桜の枝を挿していますよ」

「ほんにねえ」

ふたりでくすくす笑っていたら、見世棚の前に男が立った。

手習い処の師匠である磯谷だ。

「まあ、磯谷さま」

「先生いらっしゃい」

「いやあ、なんともうらやましいですなあ」

磯谷も上機嫌な男たちを眺めていたが、通りからこちらへ目をむけると、丈夫そうな白い歯を見せ、お雅とお妙に、にっ、と笑った。

「子どもたちから聞きましたぞ。旭屋で雛祭りをするそうですな。それで銭を募っているとか」

「そうなんですよ、先生。ほら」

お妙は竹筒を持ちあげた。

ありがたいことに、あれから銭はまた少し集まり、筒は重くなっていた。

「ほう、それはよろこばしいことだ。では拙者もひとつ助太刀を」

磯谷は袂《たもと》に手を突っ込んだ。

「いえいえ、磯谷さまにまでそのような」

お雅は磯谷の手を押しとどめた。手習い処の月々の謝儀《しやぎ》があるといっても、教え子の親が皆払えるわけではないと、お雅は以前に聞いていた。紙や墨を与えている教え子もいることも。そのために借財までしている磯谷なのだ。

「いやいや子どもたちのため。知らぬ顔なぞできん。だが相変わらず懐寂しい身、助太刀と言うには恥ずかしいかぎりだが、まあ、気は心と思ってくだされ」

磯谷は竹筒に継ぎのあたった巾着を逆さにした。

チャン、チャン、チャラ……コン……。

「ほらの」

磯谷は「がはは」と豪快に笑い、面目ないとうなじをなでた。

「いえいえ、十分でございますよ。ありがとうございます」

磯谷のかざらない人柄とやさしさに、お雅の心は温かくなる。

「そうだ磯谷さま」

お雅は磯谷に次の手習いの休みを問うた。雛祭りをするからと手習いを休ませるわけにはいかない。

「それはお心遣いかたじけない」

磯谷は毎月の休みの日をこたえた。

「じゃあ、この月はあと十五日と二十五日でございますね」

この夜、お雅とお妙は見世を閉めてから竹筒のなかの銭を、紙屑《かみくず》買いに出そうと置いておいた去年の暦のうえにざっとあけた。

行灯の灯りに小山をつくった一文銭や四文銭が鈍く光る。

ふたりは銅銭を数えながら銭さしの紐に通していった。

集まった銭に、差配に女隠居、旭屋からの金を合わせると結構な額になった。

「よく集まったものですねえ。有名どころの鰻《うなぎ》が十五人前は頼めそうですよ」

「もう、この娘ったら。そういう勘定だけは速いんだから」

お雅がきゅっと睨む。お妙はちろりと舌を出す。

ほんによく集まったものだと、お雅は驚喜と感謝に胸がいっぱいになった。

――もうお前さんひとりだけが祝いの担ぎ手じゃないんだ。わたいや、みんなさ。みんなの雛祭りなのさ。

お雅は隠居の言葉を改めて嚙みしめる。

「大事に使わせてもらって、いいお祝いにしましょうね」

「はい、女将さん」

女隠居の雛人形は、鼠に齧られてはいなかったが、所どころに傷《いた》みがあり、隠居は雛屋に直しに出していた。急いでもらえるということで、お雅は旭屋での雛祭りを十五日と決めた。

見世の柱に催す日を記した貼り紙をし、お雅は子どもたちに声をかけた。

もちろん、お路にもだ。

「きっと来てね。待ってるわ」

はしゃぐ妹のそばで、お路は行くとも行かぬともこたえず、うつむいていた。

五

暁の空に星は瞬いているが、東のほうから徐々に緋《あけ》に染まりはじめていた。空気はすんと清く、今日の上天気を約束してくれているようだ。屋根のうえでは早起きの雀たちが朝の挨拶か、ちゅぴちゅぴ鳴きかわしている。

「女将さん、のんびりしている暇はありませんよ」

勝手口から顔を出し、お妙が口を尖らせる。気が急いているのだろう。

「わかってますとも」

お雅は吊るしていた干魚を手に、いそいそと調理場へ戻った。

旭屋の雛祭りの日であった。

今朝はその用意に加え、いつもの商いの支度もある。朝餉に、昼は前のような箱寿司一品ではなく、お祝いに拵えるお菜を見世棚にもならべる算段だ。

お妙が言うように、のんびりなどしていられない。それでも箱寿司はいちどつくっているから段取りにぬかりはない。竈に目をやれば炎が赤々と燃え、飯を炊く大釜の重い木蓋の間から白い泡が噴きこぼれている。お雅は薪を崩して火を弱める。朝餉の飯と寿司の分と、米をどんどん炊く。

気が急くのはお妙ばかりではないらしい。朝餉を食べに来た職人たちもそわそわだ。

「今日なんだろ。おれたちのことはいいからよう」

祭りの支度をしてくれろとお雅の手からしゃもじをとりあげ、自分たちで飯や味噌汁をよそう。おはようさん、とやってきた花売りの男は、時季が過ぎてあきらめていた桃の花を活《い》けてくれとひと抱えも持ってきてくれた。

「まあまあ、ありがとうございます。きれいねえ。それにいい香りだこと」

花があるだけで見世が一気に華やぐ。梅のように香気は強くはないが、微かに甘い香りがする。

「おいおい、せっかくの乙な香りが焼き魚の匂いで台無しだぜ。お前《め》えら、もう鰯を注文するんじゃねえ」

左官が立ちあがって、煮染めと煮奴と味噌汁だけにしろと男たちに命じる。

「お妙ちゃん、もう焼かなくていいから」

ほかの職人たちも匂いと煙を外に追い出そうと腕をふる。

そんな男たちが可笑しくて、お雅とお妙は肩をふるわせる。

誰もが助け、この日を盛りあげてやろうとしてくれていた。

「おいら仕事終わりに箱寿司を買いに来るからよ。とっといてくんなよ」

おいらもわしもと男たちは手をあげる。

「ええ、ええ。たくさんつくりますからね、寄ってくださいましね」

いつもより晴れやかな顔で仕事場へ散っていく男たちを見送ったあとは、さあ、本腰をいれて祝いの料理にとりかかろう。

箱寿司のほかにはお妙の案で、子どもたちが大好きな甘い玉子焼きに、豆腐の味噌田楽だ。筍は今日は醬油焼きに。雛祭りに欠かせないさざえの膾も拵える。

酢飯に具を混ぜ、もろ箱に詰めて押して、金糸玉子で飾って——。

菱形に切った箱寿司を笹の葉を敷いた大皿にならべ、ふたたび寿司にとりかかっていたら、久兵衛《きゅうべえ》からだという白酒の角樽《つのだる》が届いた。

「まあ、お舅《とう》さんたら」

きっと磯谷が今日のことを知らせたのだろう。そうこうしているうちに女隠居と女中のお為がやってきた。うしろに大きな荷を背負った男もいる。

「お待ちかねの雛人形を持ってきたよ」

「ありがとうございます。ささ、こちらへ」

お雅は奥の茶の間へ案内した。

「雛屋を急かしたんだけどさ、当日になっちまったよ。遅くなって悪かったね」

「とんでもない、ご隠居さまには無理をさせてしまいました」

「いいんだよ。ここはわたいらでやるから、お前さんは料理へ戻った戻った」

背を押され、お雅は寿司のつづきをし、

「女将さん、お願いします」

お妙が拵えた味噌だれの味をみる。

菓子屋から注文しておいた饅頭も届く。

「まあ、かわいい」

白い皮には、鶯、桃、雪洞《ぼんぼり》、鼓。雛祭りや春にちなんだ焼印が捺されていた。

祝いの料理もほとんど仕上がったころ、茶の間から飾りつけができたと声がかかった。

「まあ、見ておくれな」

障子の間から隠居が顔を出し、にいっと笑う。お為が障子をはずしていく。

お雅とお妙は草履を脱ぐのももどかしく、板敷きにあがった。

「まあ、なんて豪奢な」

こちらを正面にして女隠居の雛人形は飾られていた。三段飾りだ。上段の金屏風の前には、烏帽子に腰の長太刀姿も凛々しい男雛が、その隣には美しい御髪《おぐし》に十二単も艶やかな女雛が仲良く鎮座する。どちらもおすましのお顔だ。中段は五人囃子が笛や鼓など鳴り物を手にしている。いまにもお囃子が聞こえてきそうだ。下段には蒔絵が施された御輿や箪笥の雛道具が揃う。

「すてきねえ。ねえ、お妙」

返事がない娘を見るとお妙は口をあんぐり、見惚れている。

お為が雛道具の横に桃の花を活け、角樽を供えた。

「これはまた、みやびなお雛さまでございますねえ」

お雅の背後で声がした。どこかで聞いたようなと振り返ったら、

「おっ母さん」

見世の土間に立っていたのは、お雅の母の房《ふさ》だった。

そのうしろには痩せて老いた男が控えている。

「お嬢さん、お久しゅうございます」

小腰をかがめた男は、渋皮色のよく日に焼けた顔に深い皺を刻んで、懐かしそうにお雅に目を細めている。里の料理茶屋で下男として働いている治助《じすけ》であった。

「まあ、治助まで。ふたりしていったいどうしたのよ」

思いもしない人の不意の出現に、お雅は仰天した。

「どうしたもこうしたも、磯谷先生からお前が雛祭りをするって知らせをうけ、手伝ってやろうと駆けつけてきたんじゃないか」

「磯谷さまがおっ母さんに」

今年の正月に房がはじめて旭屋にやってきて、ともに正月を過ごした。そのとき房は磯谷と知り合い、手習い処の手伝いをした経緯がある。

あれから磯谷とは、ときどき手紙のやりとりをしていると房は話す。

「そんなことちっとも知らなかったわ」

「いちいちお前に言うことでもないさ。それに今日は習子たちにお茶を振る舞ってやりたくってねえ」

手伝いより、むしろこっちのために来たという。

「ご苦労だったね、休んでおくれ」

房は治助をねぎらい、背負わせていた風呂敷包みを大事そうに受け取った。どうやら茶道具一式を持参してきたようだ。

「お妙ちゃん達者だったかい」

房は板敷きのお妙を見あげた。

「ちょっと会わないうちにますます娘らしくなって」

「大女将さん」

お妙は感激で声をうわずらせている。房はうんうんとうなずき、埃除けを脱ぎ、結わいつけ草履の紐をとき、足袋を履き替えると板敷きにあがってきた。

「ほらあんた、早く紹介しておくれな」

お雅の尻をぺしりと叩いて、目を茶の間にいる御仁へむけた。

「ああ、そうね。こちら足袋問屋のご隠居さまです。いつもお見世を贔屓にしてくださっていて、この雛祭りにも一方ならぬお力添えをいただいたのよ」

お雅は雛人形のことも話した。

お前ときたら。房はすいっと青眉を吊りあげたが、

「まああ、それはそれは。いつも娘が大変お世話になりまして。このたびもなんとお礼を申しあげてよいのやら」

房は板敷きに手をつき、深々と女隠居に頭をさげた。

「いいえ、世話になっているのはこちらのほうですよ。お雅さんの手ほどきのお陰で、このごろでは、うちの女中もましなお菜を拵えるようになりましてね」

女隠居も板敷きに出てきて、房に手をついて挨拶した。お為もうしろで体を丸くし房に礼を言っている。

「それにしてもおっ母さん、里の見世を放ったらかしにして、こっちに来ていていいの」

お雅は俄かに心配になった。里の料理茶屋は桜の名所である飛鳥山にほど近い。この時季は花見に江戸から人がどっと押し寄せる。見世は猫の手も借りたいほど忙しいはずだ。

「放ったらかしだなんて、人聞きの悪いこと言わないどくれ」

桜はもう盛りを過ぎ、見世もひところのような混みようではないという。

「それにね、いつまでも大女将が幅を利かせてちゃあいけないんだよ。ぼちぼちと女将にまかせていかなきゃね。そうでないと仲居たちがついてこない」

忙しさも一段落したいまごろなら、女将がひとりで采配をふるうには、ちょうどいいと房は言う。

「えらいっ」

ぱんと膝をうったのは女隠居だ。

「いえね、わたいもいつまでもお店の奥を仕切ってちゃあ、嫁のためにならないと隠居したのはいいけれど、目につくとどうしても口も手も出しちまう。こりゃいけないと思って、隠居所を借りてそっちへ移った身なんでございますよ」

「まああ、それこそおえらいじゃありませんか。住まいまで移すなんて、なかなかできることじゃございません。ようご決断なされましたねえ」

「褒めてくれますかえ」

「もちろんでございますとも」

房と隠居は手をとり合い意気投合だ。ふたりして茶の間に移り雛飾りを見あげ、話に盛りあがっている。

土間で治助が見世を見まわしていた。

「治助、ご苦労だったわね」

「これがお嬢さんのお見世でござんすね」

大旦那にもお見せしたかったと、しきりに洟《はな》をすする。

「治助ったら、なにも泣くことないじゃない」

お雅は下男を床几に座らせ、熱い茶を淹《い》れた。

「あっしのことは気にしねえでくださいやし。それより、ほら、かわいらしいお客さんたちのお出ましだ」

入口で女の子たちがなかをのぞいていた。そのなかに妹と手を繋ぐお路を見つけ、お雅はほっとする。

「みんなよく来たわね。さあ入って」

お雅は女の子たちを出迎えた。みんな最初はもじもじしていたが、茶の間の雛飾りを見て「わあああ」と身を乗り出し、目を輝かせた。

「どうだい、きれいだろ」

「ご隠居さまだ」

「あっ、お母上先生もいる」

「わあ、ほんとだあ」

磯谷の手習い処の習子は、ふたりを見つけて大はしゃぎだ。

「みんな元気だったかい。今日は一緒にお祝いしましょうね」

お牧やお路の母のおなみも、ほかの長屋のおかみさんたちと連れ立ってやってきた。「今日はありがとうねえ」お雅に礼を言い、差し入れだと饅頭や団子の包みを渡す。おなみは草もちだ。

「いい子にするんだよ」

おかみさんたちは戸口から口ぐちに言い、なかを興味深げにのぞく。

おなみも首を伸ばし、しかし心配そうにお路の様子をうかがっていた。

「おかみさんたちも入ってくださいな。おっ母さんと一緒に祝えば、お子たちもなおうれしいでしょうよ。お料理もみんなのお陰で十分ありますから」

「そうだよ、今日は女の祭りなんだからね」

「わたしもお邪魔してますよ」

隠居と房が手招きする。

「まあ、ご隠居さん。それに女将さんのおっ母さまじゃござんせんか」

「ささ、どうぞ」

お雅は遠慮するおかみさんたちの手をとって、なかへ引っぱった。

「おやまあ」

「ひゃあ、こりゃまたなんとも」

おかみさんたちは茶の間の雛飾りに目を見張った。

「立派だねえ」

「あたしゃ、こんな立派なお雛さまを見せてもらったのは、はじめてだよう。ほら子どもたち、ちゃんとお礼を言ったかえ」

みんなに礼を言われ、女隠居はぐっときたようだ。

「暗い蔵から出して、たくさんの女子たちに見てもらえて、わたいのお雛さんもさぞよろこんでいなさるだろうよ」

ようございましたねえ、と隠居は雛人形に話しかける。

お為やおかみさんたちの手も借りて、祝いの料理が茶の間や板敷きにならんだ。

「よかったねえ。うれしいねえ」

母親たちは娘に料理をよそってやる。

お妙が気をまわし、大人たちにも箱寿司をよそった皿をくばっていった。

お雛さまを眺めての祝いの宴のはじまりだ。

「箱寿司とは考えたね。それも菱形にして」

房が寿司を口にした。

「どうかしら」

お雅は板敷きに膝をつき、緊張する。

「ああ、おいしいよ。酢もいい塩梅だ」

「さすが女将さんだ。この前もうまかったけど、今日はまたとくべつうまいよ」

おかみさんたちも舌鼓をうつ。

女の子たちも「おいしいねえ」とにっこりだ。

「あたし玉子焼きをもっとちょうだい」

「あたしは田楽」

お妙とお為が小皿にとってやる。お雅はみんなの笑顔に笑顔を返す。

「お妙、お為さん、あんたたちもいただきなさいよ」

お雅は女たちには白酒を銚子で出し、土間の床几で折敷《おしき》に調《ととの》えた祝い膳を食べている治助には、温燗《ぬるかん》の茶碗酒を出してやった。

「あっしまでお相伴に与《あずか》ったうえに酒までよばれちまって」

治助は恐縮し、押し頂いて受け取った酒をうまそうに口にした。

見世前に男の子たちが指を咥えてこっちを眺めていた。

それに気づいたお牧が「あんたたち」と茶の間から声を張った。

「差配さんが一緒に楽しんで来いと言ってくれたのに」

――へん、女の祭りになんかいけるか。

「そう言っていたんじゃなかったかえ」

男の子たちは、だってよう、としゅんとする。

「一緒にお祝いしようって気になったのよね。ほらいらっしゃいな」

お雅がとりなしてやると、男の子たちは「やったあー」と入ってきた。

磯谷もふたりの子どもの手を引いてやってきた。

「兄妹なのだが、この子たちも祝いの輪に入れてやってはくれまいか」

「ええ、どうぞどうぞ。あっ、磯谷さま、母に知らせていただき、ありがとうございます」

「おっ、来ておいでか」

「はい、奥に」

「雅ちゃんわしもいいかーい」

久兵衛も顔を出した。

「やっぱり我慢できずに来ちまったよう」

「これは久兵衛どの」

「おっ、先生もかい」

房が来ていると聞いて、久兵衛は磯谷といそいそと奥へ行く。

今日は見世をやってるのかい、と徐々に昼の客もやってきた。

「ええ、どうぞ。なんにいたしましょう」

見世棚も祝いの料理だ。

「お嬢さん、お客さんのお相手はわしがしますんで、お嬢さんはどうぞみなさんとご一緒に」

床几から治助が腰をあげ、「いらっしゃい」と客へ出ていった。さっそく箱寿司をすすめている。

「じゃあお願いします。寿司は竹皮に包んで渡してくださいな」

お菜の値も教え、お雅は見世内へ振り返った。

板敷きでは男の子たちが寿司や田楽を頬張り、その傍らで房がさっそく習子の何人かに茶を淹れていた。堅苦しくなければよいがと案じたが、房も心得ていて、

「わあ、お茶碗のなかでお花が咲いたよ」

どうやら桜の香煎のようだ。

「不思議だねえ」

「桜餅の匂いがするう」

房がこうやっていただくんだよと手本をみせる。久兵衛もちょうだいしますと手をつき、銀の茶托を手にとる。茶の間はと見れば、こちらは女隠居に教わって貝合わせの真っ最中だ。宝尽くしの貝をひっくり返すたび、合った外れたと黄色い声をあげている。お妙もお為もだ。

お路だけが、みんなの輪を離れて雛飾りを見あげていた。

お雅は板敷きをすり抜け、茶の間のお路のそばへ座った。

「きれいよね」

話しかけてもお路はお雛さまを見つめたままだ。

おなみが貝合わせの輪からそっと離れ、お雅に小さく辞儀をして娘の横へ座った。一緒にお雛さまを見あげる。

「いいお顔をなさっているねえ」

お路はうなずいた。

「この前はちょいとつらい思いをしたが、今日は楽しい雛祭りになったかえ」

お路は、はっとして母親を見た。

おなみは娘にふんわり微笑んだ。

「樽源のお内儀さんがお春ちゃんから聞いたって、わざわざ謝りに来てくれたんだよ。嫌な思いをさせてすまなかったってね」

お路はうつむいた。

「あたし……」

お路の膝の握った拳に、ぽたりと涙の粒が落ちた。

「あたし、最初は平気だったの。でも、段々恥ずかしくなってきて。着ているものも、おっ母さんが持たせてくれた草もちも。だからあたし川に——。ごめんなさい、おっ母さん」

お路は母親の胸に顔を伏せた。

「いいんだよ」

おなみは娘を抱きしめ、その背をやさしく擦った。

「きゃー、また外れた」

うしろで女たちはかしましい。

「ほれ、お路っちゃんもこっちへおいで」

「おなみさんも」

お牧やおかみさんたちに呼ばれ、母娘は立った。お妙がお路とおなみに席を譲る。楽しそうに貝を合わせるお路を見届け、お雅の許へやってきた。

「お路っちゃん、楽しそうですよ。よかったですね」

「そうね」

お雅は娘に聞いた。

「お妙はどうだい、楽しいかえ」

「ええ、……お母上先生のところで三月に雛祭りをしてもらったこと、ずっと忘れないよ」

「そりゃあもう」

お妙は満足そうに胸の前で手を組む。

「そいじゃ、お前の桃の節句の思い出も、今日の楽しい思い出になったかえ」

「女将さん……」

お妙はちょっと泣きそうな表情《かお》をしたが、にっこり笑って「はいっ」と元気に返事した。

お雅にとっても今日の雛祭りはずっと忘れられないだろう。

みんなに助けてもらって叶えられた祝いの宴だ。

ここに来てから親しくなったひとたちと、こうして笑い合っている。

「お母上先生、これでいい」

板敷きに出ていくと房の手ほどきをうけ、習子が正座して小さな手に茶托をのせている。磯谷は連れてきた女の子と茶碗のなかをのぞく。「きれいだのう」こくりとうなずく女の子の手に饅頭をのせる。

見世棚では治助がお客となにやら話し込んでいた。仕種から釣りのようだ。

見世の外では男の子たちが鬼ごっこをはじめた。

「お舅さんがいないと思ったら」

　どうやら久兵衛が鬼のようだ。

「きゃー、こんどは大当たりだよ」

　茶の間では貝合わせがまだつづいている。声に誘われてか、近所のおかみさんたちも勝手口から顔をのぞかせた。どうぞどうぞとお妙がなかへ促す。

「女将さん」

　男が見世棚から手をあげた。あれは朝のお客のひとりだ。

「へへ、仕事が早く終わったもんだからよう」

　その男がふいっと明るい空を仰いだ。

　賑やかな笑い声に張り合うように、
　ホーホケキョ――。

　鶯が鳴いた。

「まあ、上手になったこと」

「春ですねえ、女将さん」

　お妙がお雅に寄り添う。

　お雅はみんなを見まわした。

　そう、旭屋の賑やかで穏やかな春である。

いろはに初かつお

一

　暑くもなし寒くもなし、いい季節になった。綿入れから袷《あわせ》に衣更えして軽くなった身に、吹く風が心地よい。見あげた青空に、燕《つばめ》が気持ちよさそうに飛んでいる。近所の家々の境には、空木《うつぎ》の白い小さな花が枝いっぱいに咲いていた。お雅《まさ》の実家がある巣鴨の田畑では、畑打ちや種蒔《ま》きがはじまり、野山の若葉は黄緑色に輝いているだろう。

　懐しい景色を思い浮かべ、「この初夏の時季がいちばん好きだわ」と告げると、見世棚横の七輪で田楽を焼いているお妙《たえ》が、「前は秋がいっとう好きだって言っていたじゃないですか」と笑い、「でもこっちは笑えませんけどね」と棚にならんだお菜に目をやった。

煮染めに若竹煮、鯵《あじ》のぬた。そろそろ八つになろうというのに、お菜はどれもけっこう売れ残っていた。このごろは昼だけでなく夕方もこうだ。理由は——。

「かっつお、鰹《かつお》、かっつおー」

前の通りを魚の棒手振《ぼてふ》りが威勢のいい売り声を張りあげ、とおり過ぎていく。そう、いまは初鰹《はつかつお》の時季であった。

常連の長屋のおかみさんや職人たちは、初鰹に銭をはたいてしまい、このところ旭屋《あさひや》にはご無沙汰だ。

なにもわざわざ高いお足を出して買わなくてもとお妙は呆れる。現にこの月の終わりごろになれば、手ごろな値に落ち着くのだ。そこを勇んで買うのが江戸っ子の心意気というのだろう。しかし、せいぜい半身を長屋の者たちと分けるぐらいで、おかみさんたちが皿を手に棒手振りを取り囲んで、何切れおくれと刺身を盛ってもらう姿が、あちこちの路地で見受けられた。

旭屋の見世棚に鰹がお目見えするのは、もう少し先だ。そのころにはお客も戻ってていよう。いまはお菜の数を少なくし、出商いのついでに腹ごしらえに寄ってくれる商人相手に、田楽を売るのに力を注いでいる。

味噌に玉子に木の芽にと、三種の田楽はお陰さまで好評だ。焼くのはこのところ、最初から最後までお妙にまかせている。

翌日は、見世棚の前は賑やかであった。とはいっても客は田楽を頬張《ほおば》っている男がひとりだけで、きゃっきゃと騒いでいるのは、磯谷《いそや》の手習い処の女の子たち三人連れであった。手習いが終わり遊びにいく途中で見世に寄り、先月に催した旭屋での雛祭《ひなまつ》りの思い出話に花を咲かせているのである。

「あなたたち、しっかり手習いはしているの」

お雅はちょっと心配になった。楽しんでくれたのはうれしいが、いつまでも浮かれ気分で手習いが疎《おろそ》かになっては、磯谷に申し訳ない。

「しているよう」

「難しい字だって、ちょっとは書けるようになったんだから」

女の子たちは得意げに、かわいい鼻をつんとうえにむける。

「けど、このごろ先生はちょっと怖いの」

「それは真吾《しんご》ちゃんにだけだよ。あっ、真吾ちゃんてね、新しく入ってきた子」

「たまにしか来ないのに、来たら悪戯《いたずら》するのよ」

あたしたち、みんな墨を塗られたんだからと三人は怒る。

どうやら磯谷は悪戯っ子に手を焼いているようだ。

「ああ、いい匂い」

女の子のひとりが大きく息を吸い、七輪の田楽に目をやった。

「あたし、ちっとばかしの初鰹より、甘い玉子田楽のほうがずんといいわ」

そうそう、とほかのふたりも相づちを打つ。

「お父《と》っつぁんや、おっ母《か》さんは有り難がって食べるけど、そのあとずっと茶漬けがつづくんだもんね」

「まいっちゃうよねえ」

三人のこまっしゃくれた物言いに笑いを堪《こら》えていたら、「まったくよう、あれのどこがいいんだろうな。うまいか？」と横合から男が話に割り込んできた。田楽を食べていた客であった。

「おれなんて、子どものころに食べたら腹を壊して大変だったぜ。厠《かわや》から出て、ほっとしたと思いきや、またぎゅるるるよ」

こうだぜ、と男は片方の手で尻を押さえ、よたよたと歩く真似をした。

食べているときに下の話はどうかとお雅は眉を顰《ひそ》めたが、身振り手振りで話す男に、女の子たちは腹を抱えて笑っている。お妙もだ。

お雅は改めて、だがそれとなく、はじめて見る男をうかがった。年のころは二十三、四か。矢鱈縞《やたらしま》の袷を身に纏《まと》い、衿元《えりもと》をゆるく着崩している。一見して商人ではないと知れるが、職人でもないようだ。自堕落《じだらく》な感じはしないし見世の客でもあるのだが、何者か見当のつかぬ輩《やから》を子どもたちに近づけたくはない。得体の知れない男は、猫の一件で懲りごりだ。

「ほらあなたたち、遊びにいくんでしょ」

お雅は早くおいきなさいな、と子どもを男から遠ざけようとした。が、娘たちはお雅の用心なぞお構いなしに男の周りへ寄っていった。「お話しするのが上手ねえ」「なにをしている人なの」と興味しんしんだ。

「なんに見える」と男はにやりと笑う。

女の子たちは「噺家《はなしか》かなあ」「役者かも」と言い合う。なるほど男は鼻筋のとおった、目許《めもと》も涼しい、どちらかといえば二枚目の類に入る。

男は役者と言われてまんざらでもないようだ。

「でも違うんだよなあ」

「えー、じゃあなんだろう。もう降参」

教えてとせがむ女の子たちに、「おれは戯作者《げさくしゃ》だ」と男は己の素性を明かした。

「読物を書いているのよ。『赤鋏花追太刀《あかばさみはなのおいだち》』てんだけどよ」

男は合巻《ごうかん》本だという自分の作と、仰々しい筆名を述べ、照れなのだろう、どいつも元の名の伝次郎《でんじろう》って呼ぶんだけどな、と首をすくめてみせた。

「聞いたことねえか」

「知らなぁい」と女の子たちは無邪気にこたえる。

「おかしいなあ、地本《じほん》問屋にどんとあるんだがな。まあ、大人が読む本だしな」

「なら女将さん知ってる？」

女の子たちの目が一斉にこっちをむいて、お雅は困った。

大人の娯楽本である読物には、読本《よみほん》と絵草紙《えぞうし》がある。読本は漢字混じりの文章で読む者を選ぶが、絵草紙は平仮名ばかりだ。手習いにいっていれば誰でも読め、いちばん親しまれている。男が著したという合巻本はこちらなのだが、お雅は知らなかった。

「料理本ならたまに手にとるんですが、読物はとんと疎くて」

お雅は相すいませんと男に詫《わ》びた。

「今度読んでみます」

するとそれまで愛想《あいそ》のよかった男が急に白けた顔になった。

「今度今度、みんなそう言うのさ。けど結局、読まねえんだよ」

茶見世の女に、三味線《しゃみせん》の師匠もだ。女将さんだってそうさと決めてかかる。

「そんなことありませんよ。きっと」

「あいあい、きっとね」

男は田楽を土産《みやげ》にするからひと色ずつくれと注文し、「変な男についていくんじゃねえぞ」と女の子たちに目をぎょろりとさせ、竹皮の包みを手にして見世から去っていった。

遠ざかっていく男に、「なんですかあれ」とお妙はぷんぷん怒った。

「女将さんに突っかかっちゃって。あいつが変な男ですよ」

お妙は女の子たちに「ああいう男についていっちゃあ、だめだからね」と言い聞かせる。その横でお雅は、男の捻くれた物言いに驚き、半ば呆れもしていた。

二

八日は灌仏会《かんぶつえ》だった。お釈迦様《しゃかさま》がお生まれになった日とされ、多くの者が寺に参詣する。境内《けいだい》には牡丹《ぼたん》や藤など、季節の花で屋根を飾った花御堂《はなみどう》が設《しつら》えられていて、なかに安置された誕生仏《たんじょうぶつ》に参詣人は甘茶《あまちゃ》を注ぎ、茶をもらって帰る。

お雅も昼のお菜の支度《したく》がすんだあと、見世番をお妙にまかせ、近くの寺へお参りした。皆と同じように甘茶をもらい、家に戻るとその茶で墨をすった。これで「五大力菩薩」と三行書けば衣類の虫除けに、「八大龍王茶」と書いて天井に貼れば、雷除けになると信じられていた。

紙に認めた文字が乾いたのを確かめて虫除けを簞笥《たんす》に入れ、雷が大の苦手なお妙のために、娘の部屋の天井に雷除けを貼ってやった。これでよし。見あげていたら、梯子段《はしごだん》の下からそのお妙がお雅を呼んだ。

「女将さん、貸本屋さんが寄ってくれましたよう」

お雅はこの前きた伝次郎という男の本を借りようと、貸本屋さんが見世の前をとおったら知らせてくれるようにと、お妙に頼んでいた。本は高値で、貸本屋に見料《けんりょう》を払って読むことが多い。

合巻本の名を告げたお雅に、大きな荷を背負った貸本屋の手代《てだい》は、料理本以外もお読みになるのかとうれしがったが、

「さて、そんな本がありましたかねえ。持ち合わせのなかにはありませんし」

店にもあったかどうかと首をかしげた。

「あら、人気の本じゃないんですか」

聞けば手代は、いえいえ、と手をふり、人気なのはこれだと言って、土間の床《しょう》几《ぎ》に荷をおろし、何冊かの人情本をならべた。

「せっかくお読みになるんなら、こちらからお選びになってはどうです」

しかしお雅は、さっき告げた本を持ってきてくれるよう頼んだ。

「ごめんなさいね」

「いえいえ、お求めの本をお届けするのも貸本屋の務めでございますから」

手代は探してみると言い、うちの店になければ、よその貸本屋にもあたってみましょうと請合ってくれた。

手代が去るとお妙が「なにが地本問屋にどんとあるですよ。貸本屋さんも知らないみたいじゃないですか。見栄《みえ》を張っちゃって」とぶつくさ言った。

「そういうお前だって、ちょっと前に背伸びをしたじゃないかい。見栄を張りたい気持ちも、少しはわかるんじゃないのかえ」

お妙は痛いところを突かれたと舌を出し、「ほんとにお読みになるんですね」

女将さんは義理堅いと感心した。お雅にしたら義理というより、読まないと決めてかかった男への、半ば意地であった。

貸本屋の手代は、店に一冊だけあったと言って、その日のうちに持ってきてくれた。この戯作者はまだこれしか出していないようだとも教えてくれた。

お雅はその夜、二階の自分の部屋でさっそく読みはじめた。

話は、架空のお国の姫君が、お城の宝物とともに悪人にさらわれるというものであった。実はこの悪人、このお城を築くにあたり、生き埋めにされた沢蟹《さわがに》一族の恨みが形をなした妖《あやかし》であった。この妖に立ちむかうのが、姫君の許婚《いいなずけ》の若侍である。若侍は姫を助けるべく妖を追うのだが、太刀を振りあげての大立ち回りはあるものの、追いついては逃げるのくり返しで、つい、うとうとしてしまい、目をこすりながら文字を追うのに苦労した。それでも二晩かけて読み終えたときは、勝手に約束を果たしたような気になり、お雅の気持ちはすっきりした。

貸本屋に返そうと茶の間に置いた本を見て、お妙はもうお読みになったんですかと驚いた。自分も読んでみると部屋に持ってあがっていったが、半分ほどで投げ出してしまっていた。

あの男はもう来ないだろうと思っていたのだが、それから幾日《いくにち》もしないうちに、最初にやってきたときと同じ、八つ過ぎの見世棚の前に立った。

「土産に持っていったらえらく気に入って、また買ってこいと催促されたのよ」

伝次郎は包んでくれと注文し、自分は味噌田楽を頬張った。

「あの……」

お雅は言おうか言うまいか迷ったが、本を読んだことを伝次郎に伝えた。この男に口先だけでないことを示したかった。

「ほんとかよ」

疑いの目をむける伝次郎に、お妙が「ほんとうですよ」と茶の間に置いていた本を持ってきて見せた。

「そ、そりゃあ、ありがとよ」

伝次郎は驚きを照れにかえ、礼を言った。がすぐに、緊張を半分笑いでごまかしたような面つきになり、「おもしろかったかい」と聞いてきた。

お雅は「ええ」とうなずいた。しかしお妙が「あたしは途中で飽きちまって」と口をすべらしてしまった。ちょいと、と袖《みす》を引いたがもう遅い。

伝次郎は険《けん》のあるきつい目つきでお妙を見据えた。

「どこがだよ……。お前、ほんとに読んだのか」

「だから飽きちゃって途中までしか……」

「最後まで読みもしねえで、好き勝手言いやがるのか」

「お客さん、申し訳ございません。あとでよく言い聞かせておきますから、どうぞ、そのへんで勘弁してくださいましな」

お雅は身をすくめるお妙を背にかばい、頭をさげた。話すんじゃなかったと後悔した。詫びても男は腹の虫が治まらないようで、お妙にむかって、お前なんかにおもしろさはわかるまいと悪態をついた。娘は真っ赤になってうつむく。

お雅のなかで、ぷつん、となにかが切れた。

「お客さんがそこまで仰るなら、わたしも言わせてもらいますが、最後まで読んだわたしも、この娘と同じ想いでございましたよ」

終始追いかけっこで退屈で、眠気を堪えるのに往生したと口にした。はっと我に返ったときは、伝次郎はぶたれた子犬のような目をしてお雅を見つめていた。田楽を持つ手をだらりとさげ、無言のまま踵《きびす》を返す。着ているものが味噌で汚れるのも気づかず、とぼとぼと旭屋から去っていく。土産に注文した竹皮の包みが、ぽつんと見世棚に残されていた。

三

「わはははっ」

久兵衛《きゆうべえ》の大笑いが見世内に響いた。

あれから半刻近くが経ったころ、「雅ちゃんいるかーい」と久兵衛が小盥《こたらい》を抱えてやってきた。なかには青銀に光った形のよい鰹が一本あった。

「活《い》きやかだろう、初鰹だよ。雅ちゃんに料理してもらおうと思っての」

しかし板敷《いたじ》きで昼餉《ひるげ》の膳を前にぐったりしているお雅とお妙に気づくと、どうしたんだいとあがってきた。

「あたしのせいなんです」お妙がぐずぐず洟《はな》をすする。

「お妙のせいじゃないわ。わたしがかあっと頭にきちまったのがいけなかったのよ」

とにかく話してごらんと促され、お雅が男との遣《や》り取りをぼそぼそ話し、それを聞いた久兵衛の大笑いであった。

久兵衛は雅ちゃんらしいとまだ笑っている。

「お舅《とう》さんたら」

「大旦那さまぁ」

ふたりの恨めしげな視線を受け、久兵衛はすまんすまんと謝り、傍らに置いてあった合巻を「これかい」と手にし、ぱらぱらと捲《めく》った。

「お舅さんも本は読まれますよね」

「まあな。で、この一冊だけかい。こういうのは、つづきがあるもんだが」

貸本屋の手代はまだこれだけだと言っていた。

「なるほどな、突っかかったり、腹を立てたりしたのは、そこらへんの事情もあるやもしれんな。まあ、どっちもどっちさ。気にしなさんな」

本を閉じて久兵衛は慰《なぐさ》めてくれたが、お雅の気持ちは晴れなかった。精魂《せいこん》込めて料理したものを、包丁も握ったことのない者にとやかく言われれば、自分だって腹が立つし、傷つきもする。どんな事情があろうと、やはりお雅が悪いのだ。

「ほらほら、そんな顔をしなさんな。せっかくの初鰹の活《こ》きが落ちちまう」

さあさ、雅ちゃん、わしに食べさせておくれよと久兵衛に請われ、お雅は気をとり直して調理場へ立った。

すばやく三枚におろした鰹は、身がむっちりとし、鮮やかな赤だ。半身は刺身に、もう半身は叩きにしようと決めた。叩きといえば塩辛のことをさすのだが、鰹の場合は味を馴染《なじ》ませるため、手や包丁で身を叩くことからこの名がきてると、料理の師匠でもある兄からつくり方とともに、由来も教わった。

身を冊《さく》にして串を打つ。七輪をお勝手の外に出して皮を炙《あぶ》った。直火で焦げ目がつくまで炙れば、皮と身の間の脂《あぶら》が溶けだし旨味がます。炎によって全体が白くなったら水にとり、拭いてまな板のうえで厚めに切る。そこへ酢をかけ、手で叩いて味を馴染ませる。

「酢によって切り身に膜ができ、水っぽくならず、さっぱりと食べられるの」

そばで眺めるお妙と久兵衛に話しながら手を動かしているうち、叩きは出来上がった。

「こりゃあ、うまそうだ。先生にも食べてもらいたいのう」

大皿に盛られた叩きに相好を崩した久兵衛であったが、磯谷を誘えばよかったと悔やみもした。

「手習い処はもう終わっているが、昼もすんでいるだろうのう」

「初鰹と聞けば、よろこんでいらっしゃいますよ」

夜のお菜にするより、いま食べたほうがいい。つくりたてがうまいというのはもちろんだが、鰹は足が早いという理由もあった。すると腹を下したと言っていたあの男のことを思い出し、お雅の気持ちはまた重くなる。呼んできますと出て行こうとするお妙をとめ、お雅は「わたしが行くわ」と前垂れをはずした。

「でも女将さん、まだ刺身が」

半身はまだ冊のままだった。

「そんなら、お妙が拵《こしら》えてみたらどうだ。お客に出すわけじゃないんだ。いいだろ雅ちゃん」

お雅には、久兵衛が自分やお妙のために言ってくれているのだとわかった。外の空気を吸ってこい。刺身に切ってみろ。そうすれば少しは気が晴れるだろうと。

「お舅さんがそう言ってくださるなら」

「やった、あたし頑張ります」

お妙は頬を紅潮させる。お雅はうなずき、久兵衛にそっと頭をさげた。

「鰹の身の、背のほうは少し厚めに。腹は脂があるから、いくぶん薄めにして」

お雅は刺身包丁を手に、お妙に一切れ、二切れと手本を見せ、それでは行ってきますと見世を出た。

手習い処の三和土《たたき》に立つと、稽古《けいこ》部屋の障子戸《しょうじど》は開いていて、磯谷が背をむけて座っているのが見えた。天神机を挟んで男の子がひとりいる。居残りかしら。声をかける機会をうかがっていたら、

「みんなに悪戯しちゃあならんと、あれほど言ったではないか」

磯谷がこの男にしては珍しく、厳しい声で子どもを叱った。

「わかったな、真吾」

真吾……するとこの子が。お雅は幾日か前の女の子たちの会話を思い出した。

「じゃあ、おいら手習いをやめる」

真吾は言い返して口を尖らせた。

「それはだめだ。おっ母さんが無理して通わせてくれているんじゃないか」

「どうせおいらは、いろは、もろくに覚えられねえ。みんなみてえに、『商売往《しょうばいおう》来《らい》』なんざ無理だよ」

真吾はぷいっとそっぽをむいた。と、利《き》かん気そうな目とお雅の目が合った。

「先生、お客だよ」

磯谷がくるりと振り返った。

「これはお雅どの」

「込み入ったところにお邪魔いたしまして」お雅は小腰をかがめた。

「久兵衛が初鰹を持ってまいりまして、磯谷さまにも是非にと申しますので、お誘いに」

「先生よかったな」

真吾は言うが早いか、だっと玄関の上がり框《かまち》におりてきた。まだ終わっておらんぞと引きとめる磯谷に構わず、草履をつっかけ、「ほんなら先生、またな」とお雅の横をすり抜けて、手習い処を出ていってしまった。

戸締りをして路地に立った磯谷は、「初鰹とは豪勢《ごうせい》ですなあ」と白い歯を見せたが、表情はいまひとつ冴えなかった。

ふたりで旭屋にむかう道中、磯谷はさっきの子どもですが、と真吾のことを話題にした。今年九つの新しい習子《ならいご》で、旭屋の雛祭りに連れていった子だと告げた。

「ああ、あのときの。たしか兄妹で」

磯谷はそうだとうなずく。

「わたしもあの子のことは、習子の女の子たちから聞いてはいたんですよ」

「怒っていたでしょう」

「ええ、まあ」

「これにはいろいろ事情がありましてな」

真吾の父親は髪結《かみゆ》いだったが、数年前に病で死に、それからは母親が内職で暮らしを支えているのだと磯谷は話した。

そんななか、多くの子が六、七歳で手習いをはじめるように、真吾もまた別の手習い処に通いはじめた。だがそこの師匠は厳しく、習子が読み書きを間違えると頭ごなしに叱る人だった。手も出たという。

「そういう師匠のほうが人気がござってな。世の親は、しっかり躾《しつ》けてもらえると安心するのかもしれませんな」

大半の習子はつつがなく通った。だが真吾は違った。あまり読み書きが得意ではなかったのにくわえ、真吾には字を反転して書く癖があった。

「珍しいことではないのですよ。習いはじめの子にはままあることです」

しかし真吾が間違えるたびに師匠の叱責《しっせき》はとんだ。真吾の足は次第に手習い処から遠退《とおの》き、母親も月の謝儀《しゃぎ》に苦労していたこともあり、強く行けとは言えず、月日だけがずるずると過ぎていった。だがそれではいけないと思った母親は、真吾を伴って磯谷のところへやってきたという。

「謝儀は払えるときでよいと、どこぞで噂を聞いてきたようでしてな」

磯谷はぼんのくぼをなでて苦笑するが、これでまたこの男の懐が寂しくなるのかと思えば、お雅は笑えなかった。

「まあ、ほっとけませんしな」

どこまでも人のよいお方だ。

しかし、せっかく磯谷の習子となったというに、女の子たちから聞いた真吾は、また手習いから足が遠退き、来ても習子の仲間に墨をつけて悪戯をしてしまう。

「周りの子と読み書きの差がつき、やる気が失せてしまったのでしょうか」

お雅は案じた。

「それもありますし、拙者《せっしゃ》を試してもいるのでしょうな」

悪戯を叱れば、お前もかとぷいっと出て行ってしまうのだという。

荷車が近づいてきて、磯谷はお雅を庇《かば》うように道端に寄った。荷がとおり過ぎても、磯谷は歩きだそうとしない。道向かいの蠟燭《ろうそく》問屋の店先で、通りを掃《は》いている小僧を見つめていた。

「真吾はまだ九つですが、あと二年もすれば奉公に出るやもしれんのです。大店《おおだな》なら、そこで手習いをみっちり仕込んでもらえるでしょうが」

誰もがそんな大店へ奉公にあがれるわけではない。どこへ奉公に出るにせよ、それまでは手習いの師匠として、できる限りのことを教えておいてやりたい。真吾だけでない、習子であるみんなへの想いなのだと磯谷は語った。

久兵衛は磯谷を見たとたん、ここにも気に病んでいる者がおるのう、と苦笑した。なんでもお見通しの久兵衛なのだ。茶の間には膳の支度が調《ととの》っていた。

「まずはいただこうかのう」

久兵衛の音頭で、皆は「いただきます」と手を合わせた。

大皿にずらりとならんだ刺身は、厚みのある赤い切り身の角がぴんと立ち、腹のほうは教えたとおり、薄い造りにしてあった。もうひとつの大皿の叩きは、味がちょうどなじんでいる。どちらの皿の鰹も活きやかで、つやつやだ。

上手よとお雅が褒《ほ》めてやると、お妙はとってもうれしそうだ。

刺身は辛子を、叩きは辛子でもいいが、醤油《しょうゆ》に梅肉を溶いたものに、ちょいとつけて食べるのもよい。

「うまいよ、雅ちゃん、お妙」

久兵衛は満足そうに、うんうんとうなずく。

磯谷も曇り顔が少し晴れ、「拙者も久兵衛どののお陰で、思いがけず初鰹にありつけました」実にうまいですなぁと舌鼓を打つ。

お雅も箸をとった。刺身は辛子とよく合い、身はもっちりしてうまい。叩きは脂がよくまわり味が濃い。梅肉の風味で口のなかはさっぱりだ。

「いくらでも食べられちゃいます」

お妙は見世でも出しましょうと意気込む。

「こりゃあ、きゅっと一杯いきたいのう。先生の相談にものらんといかんしの」

久兵衛が酒を呑む仕種《しぐさ》をし、上目遣いでお雅を見た。

「はいはい、わかってますよ」

お雅は磯谷に「呑む口実にされてやってくださいましな」と男の遠慮をとりのぞき、長火鉢《ながひばち》の銅壺《どうこ》にチロリを沈めた。

お雅たちが夕餉《ゆうげ》のお菜の支度があるからと昼を切りあげたあとは、男たちだけの酒となった。

お妙は井戸へ水汲《く》みにいき、お雅は板敷きでささげの筋をとっていく。

閉めた障子の向こうで、久兵衛がどうしたと問うていた。磯谷は真吾のことを語っている。酒で口がほぐれたのと、相手が久兵衛だからだろう、教えるということは、子の一生に関わってくるから、ときどき怖くなると弱音も吐いている。

「そうじゃのう、でもな、先生が前の師匠と違うことは、真吾って子だってわかっているさ。だが字を間違えて叱るのと、悪戯をして叱るのと、いっしょくたにしているところは、まだ子どもだの。まあ、それだっておいおいわかってくるさ。あとはやる気を起こしてやればええ」

「そこでござる。どうすればよいのか」

磯谷が重いため息を吐く。

「なにか惹《ひ》きつけるものがあったらのう」

と久兵衛は言った。それが学ぶ切っかけになると。

「雅ちゃん」

呼ばれてお雅は、障子を開けた。

「聞いておったろ」

「ええ」

「雅ちゃんもせいぜい先生の力になっておあげな」

大人が子どものために力を合わせれば、なにかが生まれる。雛祭りと同じだと言って、久兵衛は盃をきゅっと干す。

お雅だってそうしたい。でも、惹きつけるものってなんなのかしら。

磯谷は少し酔いが浮かんだ顔をむけ、「よろしくお頼み申す」と頭をさげた。

四

通りを歩くお雅の足許《あしもと》を燕がすいっと掠《かす》め、まだ昼前の空へと舞いあがった。こんな時刻に外へいるのはいつぶりだろう。骨接《ほねつ》ぎ医者の帰りであった。

もうすっかり治ったとお墨付きをもらい、お雅は軽い足取りで京橋のたもとまで戻ってきた。古着売りや、金魚売り、蚊帳《かや》売りがいる。ぷんと醬油の焦げるいい匂いが鼻先をくすぐる。見ると屋台の親父がみたらし団子を焼いていた。

そうだ、お妙に買っていってやろう。お雅は思い立って団子屋に足をむけた。

「おじさん、団子を、そうねえ……五本ちょうだいな」

帯に挟んだ財布をとり、親父がたれをたっぷりつけるのを眺めた。と、屋台にもたれかかるようにして団子を齧《かじ》っていた男が「よう」と声をかけてきた。逆光で誰だかわからない。手を庇《ひさし》にして陽を遮る。お雅の目に映ったのは、なんとあの伝次郎であった。合巻本に対してひどいことを言って以来の再会である。お雅はどんな顔をしてよいのやら。

伝次郎はさっき師匠んとこの弟子をやめてきたと言って、手にしていた風呂敷《ふろしき》包みを顔の前でぶらぶらさせた。

「おれ、もう戯作はやめるんだ。女将さんにさんざ言われたからよ」

「ちょっ、ちょっと待ってくださいましな」

お雅の体からどっと汗が噴《ふ》きだした。

自分のせいで筆を折られては、あまりにも後生が悪い。

青くなったお雅に、伝次郎はにやりとし、「嘘だよ」と風呂敷を抱えなおした。

女将さんは素直なひとだ、からかいがいがあるよと愉快そうに、くくっと笑う。

「女将さんのせいじゃねえから安心してくれ。師匠にお前の書くものは飽きちまうんだと言われていたのよ。地本問屋はつづきを出すのを渋っているしよ」

だから女将さんとこの娘っ子の気楽な物言いに、ついかっとなって、酷《ひ》でえことをほざいちまった。すまなかったよと伝次郎は詫びた。

ほんに久兵衛はなんでもお見通しだ。

「まったくよ、見栄を張るわ、八つ当たりするわ。格好悪《わ》りいよな。読む者が途中でやめようが、なにを言おうが勝手なのによ。そりゃ、褒められるにこしたことはねえけどよ」

どっちにしろ、情けねえよと伝次郎は団子を齧る。

「ほんとうに、おやめになるんですか」

お雅は口端にたれをつけた男を見つめた。

「師匠のおかげで本も一冊出せたし、満足さ。才がないのもよくわかったしな」

「才でございますか」

「あっ、そうだなって顔をした」

「してません」

「嘘だよ」

伝次郎はまた団子を齧る。もう……。この男といると調子が狂う。

伝次郎は水売りを呼びとめた。茶碗を受け取り、喉《のど》を陽に晒《さら》してごくごく飲む。

はあ、と宙へ息を吐き、そのまま雲がぽかりと浮かんだ空を見あげた。

「女将さん、戯作を書くってさ、真っ暗な洞窟《どうくつ》のなかをひとり彷徨《さまよ》っているようなもんだぜ。そりゃあ、寂しいし、なによりおっかない。だからさ、もう書かないと決めたら、おれ、心底ほっとしたんだ。体がすうっと軽くなってよ。周りの景色だって違って見える。空は、あんなきれいな青だったんだな」

伝次郎は顔をお雅に戻し、ふっと笑った。目は凪《なぎ》の海のように静かで、でも泣いているようにも見え、お雅は思わず視線を逸らした。すると行き交《か》う人のなかに、こっちへやってくる知る辺《しべ》を見つけた。

「あら、磯谷さま」

あちらもお雅に気づいたようだ。磯谷は足早にやってきた。

「これはお雅どの。珍しい時刻に珍しい所でお会いしましたな」

驚く磯谷に、お雅は医者の帰りで、足もすっかりよくなったことを報せ、団子をお妙に買って帰るところなのだと話した。それはよかったとよろこぶ磯谷だったが、お雅の傍らにいる男を見て、誰です、と聞いてきた。お雅は男たちを互いに紹介した。「ほう、戯作者とは」と磯谷は珍しがった。

「もうやめたんですよ。女将さんに引導《いんどう》を渡されたもんでね」

伝次郎が元の伝次郎に戻ってへらへら笑うのをほっといて、磯谷こそどうしてここにとお雅は尋《たず》ねた。

「今日は手習いが休みの日ですからな、じっくり教えてやろうと思いまして」

磯谷はうしろを振り返り、約束どおり団子を買ってやるからな、読み書きの稽古をするんだぞと言った。磯谷の大きな体で見えなかったが、背後に真吾が立っていた。ふくれっ面をしているものの、団子の誘惑に勝てず、ついてきたようだ。

久兵衛に、なにか惹きつけるものがあればと助言を受けていた磯谷であったが、そのなにかを団子にしたみたいだ。なんだか食べ物で釣っているようにも思えたが、ならほかになにがあると問われても、お雅とてさっぱり見当がつかない。

「へえ、手習いかい。暇《ひま》ですることねえし、おれも付き合うかな」

伝次郎はおもしろがった。天気もいいし、外でするという磯谷に、だったらあそこなんてどうだい、と荷揚げ場の石段を顎《あご》でさした。

「女将さんも行こうぜ」

「えっ、わたしもですか」

昼の見世棚には、煮含めておいたお菜をならべろと言ってあるから心配ないが。

「いいじゃねえか。もう会わねえだろうし、最後に団子を一緒に食おうぜ」

そうこられては断われない。伝次郎を先頭に、三人は団子を手に手に、ぞろぞろと橋を渡り、石段をおりていった。

磯谷と真吾を間に挟み、伝次郎は真吾の隣に、お雅は磯谷の隣に少し離れて座った。皆でみたらし団子を味わい、そして手習いとなった。

「いろは四十八文字ばかりでもなんだし、今日はちと目先をかえてこれだ」

磯谷が懐《ふところ》から取り出して真吾に見せたのは、「橋尽《はしづ》くし」であった。日本橋と書かれた横に平仮名もふってある。磯谷は身近な漢字にも慣れさせようというつもりらしい。

「にほんばし、きようばし」

真吾は名残惜《なごりお》しそうに団子の串を舐めなめ、読んでいく。

「そうだ。京橋はいま渡った橋だぞ。じゃあ、これは」

「あ、あまばし」

ひとつ飛ばした文字を磯谷は「つ」と教える。

「吾妻橋《あづまばし》だ。東と書いてあずまとも読むぞ」

つっかえ、つっかかえ、真吾はそれから四半刻は頑張っていたが、読めない字がいくつもある橋の名がつづけて出てきたところで、「もう嫌だ」と拗《す》ねた。

「おいらはさ、あれが読めたらじゅうぶんなんだよ」

串をぽいと捨て、真吾は橋のたもとにいる物売りの幟《のぼり》看板や、屋台の提灯《ちょうちん》を、

だんご、そば、すいとん。ろうそく、すし、と読んでいく。

「わからなくても描いてある絵を見りゃ、なんだかわかる」

真吾の稽古を呑気《のんき》に見物していた伝次郎が、それもそうだと鼻を鳴らした。

お雅の見世の客のなかにも、無筆《むひつ》の者はいる。瓦版《かわらばん》や見世の貼り紙など、読める者が読んでやっている。手紙を出したければ代書屋《だいしょや》だってある。そうやって滞《とどこお》りなく暮らしてゆけるのだ。

「だが大工や左官にしたって、図面を引いたり、寸法を測ったりだな。商人《あきんど》なら算盤《そろばん》を弾《はじ》いて帳面をつけたりしなきゃならん」

なんにでも読み書きはついてまわると、磯谷は習子を説き伏せようとする。

「お師匠さん、おいら大工にも商人にもならねえ」

そのきっぱりとした物言いに、磯谷の口は閉じた。

「いまの言い草じゃあ、なりてえもんが、もう決まってるみてえじゃねえか」

伝次郎が教えろよと肘《ひじ》で真吾を小突いた。

「おいら、死んだお父っちゃんとおんなじ、髪結いになるんだ」

真吾は胸を反らせてこたえた。

「銭の勘定《かんじょう》はできなきゃだけど、人の髪を結うのに読み書きはいらねえだろ」

しばらくぽかんとしていた伝次郎が、ぷっと噴いて、さらにげらげら笑った。

「なにがおかしいんだよ。お父っちゃんは自分の髪結床を持つ前に死んじまったけど、おいらはきっと床を持つんだからな」

真吾に睨《にら》まれて、伝次郎はすまんすまんと謝った。だが、「だったら坊主、それは考え違いもいいとこだぜ」と真顔になった。

髪結いは、客との世間話も大事な仕事のひとつだと伝次郎は教える。やれ、あの瓦版を見たかい、今度の芝居の番付はどうだい。流行の絵草紙はもう読んだかい。髪結床なら壁に貼った引札《ひきふだ》を読んでやったりもするだろう。

「坊主のお父っつぁんだって、お客の話につき合うために、読み書きはしていたと思うぜ。絵草紙や読本だって読んでいただろうよ。憶えてねえなら、おっ母さんに聞いてみな」

「……お父っちゃんの客だったお店の旦那が、髪をしてもらいながら芝居やらいろんな話をした。寂しくなったよと泣いてくれたって、おっ母ちゃん言ってた」

「いい髪結いさんだったんだな。おれの言ったことも違げえねえだろうよ」

真吾は、お師匠さん、と磯谷を仰いだ。そのとおりだろうとうなずく磯谷を見て、唇を噛《か》んでうつむく。

「おいら頭の出来《でき》が悪いんだよ」

どうしてもみんなのように、すんなり頭に入らないんだと真吾は打ち明け、濡《ぬ》れた目を袖でこすった。

「ここにきたばかりじゃないか。これからだ」磯谷が励《はげ》ます。

「そうですとも」お雅も真吾を力づける。泣かせてどうすると伝次郎を睨んだ。

伝次郎は首をすくめると真吾を引き寄せた。

「たとえばさ、『髪結い真吾一代記《いちだいき》』なんて絵草紙があれば読みたくねえか」

「おいらが出てくるのかい」

真吾が伝次郎を見あげた。

「おうよ、お前《め》えの話よ」

いいか、こうよ、と伝次郎は語る。

「あるところに真吾という親孝行の男の子がいたんだ。死んだお父っつぁんのような髪結いになりたくて、真吾は修業の旅へ出る」

そこへ次々と困難がふりかかる。

「そうだな、まずは盗賊《とうぞく》だ。髪結いの道具箱が盗まれちまうんだ。お父っつぁんの形見の大事な道具だぞ」

それを取り戻さんと真吾は戦う。なんとか無事に道具箱を取り戻し、ほっとしたのも束の間、今度は山で迷ってしまう。そこに現れたのは、とてつもなく長い髪の男だ。実は物の怪《もののけ》で、真吾を通せんぼする。

「さてさて、真吾はどうなる」

「どうなるの」

真吾は伝次郎へ身を乗り出した。そんな真吾に男はにやりだ。

「な、気になるだろ。文字で書かれていたら読んでみたいと思わないか」

「うん、思うよ」

目を輝かす真吾に、お雅ははっとした。

久兵衛が言っていた「惹きつけるもの」とは、これかもしれない。

磯谷も同じことを思ったようだ。伝次郎の肩をがっしと摑《つか》んだ。

「書いてくだされ。真吾、この兄さんにいまの話を書いてもらって、それをお前の教本にしよう」

伝次郎はあわてた。「いやいや」と手も首もふり、磯谷に「放せよ」と抗《あらが》った。

「断わらんでくだされ。乗りかかった船だと思って」磯谷は懇願《こんがん》し、

「兄さんお願いだ。おいらおっ父のような髪結いになりたいよ」真吾もすがる。

「ほらごらんなさい、この子の決意に燃える目を」

「だったらあんたが書けよ、この子のお師匠さんだろ。おれは忙しいんだよ」

「あら、さっきは暇だとおっしゃったじゃありませんか」

お雅が口を返せば、「急に忙しくなったんだよ」と伝次郎は喚《わめ》いた。

「それに、おれになんの得があるってんだ」

お雅はそれもそうだと思った。無料《ただ》でとは虫のいい話だ。

「銭でござるか。拙者のいちばん痛いところだ」

磯谷の手が、摑んでいた伝次郎の肩から、ゆるゆると離れていく。

——雅ちゃんもせいぜい先生の力になっておあげな。

お雅の脳裏で、ほろりと酔った久兵衛が言っている。ほらほら雅ちゃん、と急《せ》き立てる。わかっていますよ、お舅さん。

「じゃあ、こうしましょう。お話を書いてくださるなら、出来上がるまで旭屋が食事の面倒をみます」

どうです、とお雅は伝次郎に提案した。

困っても、師匠のところの飯にはもうありつけないのだ。男にとって悪い条件ではないはずだ。なら書いてもらう場所も旭屋がよかろう。

「しかしお雅どの……」

そこまで甘えてはと当惑する磯谷に、お雅は久兵衛の言葉を思い出せと伝える。

——大人が子どものために力を合わせれば、なにかが生まれる。

「雛祭りと同じ。それに、わたしにとっても乗りかかった船でございますよ」

お雅の笑みに、返す磯谷の笑みがくしゃりと崩れ、かたじけないと頭をさげた。

「おいらも旭屋に行く！」

真吾が元気よく立ちあがった。

「よし行こう」

まずは紙と墨を用意しなくてはと磯谷も腰をあげた。

「おい、おれは書くなんて言ってねえぞ」

憮然とする伝次郎を磯谷が見おろす。

「お雅どのの飯はな、そりゃあうまいんだぞ」

そして真吾と手をつないで石段を駆《か》けあがっていった。

ふたりが京橋を走って渡っていく。真吾が立ちどまり、こっちへ手をふった。

「兄さん、後でな」

伝次郎は真吾たちが見えなくなっても、石段から動こうとしなかった。じっと川面を見つめている。

「ごめんなさい」お雅は詫びた。真っ暗な洞窟へ戻ってくれと頼んでいるのだ。

「でも、もういちどだけ。たったひとりの読み手のために書いてくださいまし」

お雅は立ちあがり、伝次郎へ手を差し伸べた。

伝次郎はお雅を眩《まぶ》しそうに見つめるばかりだ。

「ほらいきますよ」

お雅は伝次郎の腕をとり、ぐいっと立たせた。

五

「お医者に行っていたんじゃなかったんですか」

伝次郎を伴って戻ってきたお雅に、お妙は大いに驚いた。

「これにはちょっと訳があるのよ」

お雅は土産の団子を渡して事情を話し、そういうことだからと、見世棚のお菜に目を配り、昼餉の支度にとりかかった。お妙は、「まったく女将さんらしいですよ」と呆れていたが、田楽も焼きましょうかと七輪の前に立った。

旭屋の茶の間に膳が調ったころ、磯谷と真吾がやってきた。

「ふたりのも用意したからどうぞ」

膳には筍の含め煮、芋の煮っ転がし、熱々の味噌田楽、浅蜊《あさり》の味噌汁も拵えてのせた。

「うわあ、すごいや」

「ほんとだなあ」

ふたりはいただきます、と手を合わせ箸をとった。団子を食べたというのに、
どちらもいい食べっぷりだ。ここへきてから裏庭をぼんやり眺めていた伝次郎は、
磯谷が持ってきた紙に触れ、筆をそっと手にした。

「たったひとりの読み手か」

呟いて、飯を口いっぱいに頬張る真吾にしばし見入っていたが、大きく息を吐き、おもむろに筆を箸に持ち替えた。筍をしゃくっと噛んで「おっ」と瞠目《どうもく》する。

「どうだ、うまいだろ」

磯谷がほくそ笑む。

「うっせえ、食ったらはじめるぞ。ほらさっさと食べろよ」

真吾が「おかわりー」と飯茶碗を勢いよく差し出した。

磯谷は習子が途中で投げ出さず、最後まで読みとおせる二十枚ほどの話をと要望を伝えた。伝次郎は目を瞑ってあれこれ思案していたようだが、お雅が二階か

らおろしてきた文机《ふづくえ》の前に座ると書きはじめた。磯谷と真吾は墨をする。

「あとで手直しすると思うが」

伝次郎は一枚書くと磯谷に渡した。

磯谷は受け取り、ざっと目をとおす。

「よし、はじめようか」

横に真吾を座らせ、ゆっくり読ませていった。真吾は師匠にくっつくようにして、一文字、一文字、声に出していった。つっかえ、間違うたびに、磯谷に教わり読んでいく。

「た……ひ……」

「びと読むんだ」

「そっか、び……」

「そうそう、次はなんだ」

「び……の……そ……ら」

お雅とお妙は客に出たり、板敷きで夕餉《ゆうげ》の下拵えをしながら、師匠と習子の声に耳をかたむけた。夕河岸《ゆうがし》からやってきた魚の棒手振りは、障子が閉まった茶の間から聞こえる音読に、「寺子屋でもはじめたんですかい」と不思議がった。

夕七つの鐘が鳴る前に、磯谷は真吾を伴って部屋から出てきた。調理場でお妙と鯵に化粧塩をしていたお雅に、そろそろ帰ると告げた。

「あまり根《こん》をつめてもいけませんからな」

「おい、先生、明日くるときは紙をもっと持ってきてくれ」

障子のむこうから伝次郎の声が板敷きにいる磯谷に飛んだ。「相わかった」と返した磯谷が、お雅を手招きした。手を洗ってあがってきたお雅に、のぞいてみろと障子を少しだけ開けた。なかに目をやったお雅は息を飲んだ。茶の間には、書き損じて丸められた紙屑《かみくず》の山ができていた。その紙屑に埋《う》もれるようにして、伝次郎は文机に覆いかぶさり、真剣な顔つきで黙々と筆を走らせている。

「拙者は、戯作というものを軽くみておったようだ」

そう言って磯谷は静かに障子を閉めた。

真吾が「女将さん、ごちそうさん」とぺこりと頭をさげ、ふたりはまた明日と勝手口から帰っていった。

初鰹に銭をはたき、足が遠退いていたお客がぽつぽつと戻ってきて、久しぶりに忙しい旭屋の夕刻であった。客で賑わった見世棚も、暮れ六つを過ぎれば落ち着いた。そろそろ夕餉を出そうと茶の間へ行ったら、伝次郎はいなかった。

「女将さんとあたしの女所帯《おんなじょたい》ですからね。気をつかったんでしょうかね」

それにしてもすごいですね、ちょっと怖いぐらいですとお妙は紙屑の山を見た。

「こんなにも考えて考えて書くものなんですね。そりゃ、飽きちまったなんて言われたら怒るに決まってます」

明日いらしたら謝りますと言う娘に、お雅は、そうね、と返した。

「でも、わたしたちの詫びの気持ちは、わかってくれていると思うわよ」

机のうえには数枚の草稿がきちんと置かれていた。真吾のために、伝次郎が心血を注いでいるのがお雅に伝わってきた。


伝次郎は朝餉の客が一段落したころにやってきて筆をとり、昼飯を搔っ込んだら、また書いた。そのうち手習いを終えた磯谷と真吾がやってきて、昨日のつづきを読みはじめる。半刻ほどしたらふたりは帰り、暮れに伝次郎も帰ってゆく。

そんな日が二日、三日とつづいた。

その間に、真吾は少しずつ字を覚え、読めるようになっていった。

「じゃあ、いまのところつづけて読んでみろ」

「えーと、みかけによらず、なかなかにこころやさしきもののけぞ。そうか、気持ちのやさしい物の怪だったんだね」

「まあ、上手に読めるようになって」

板敷きでお妙と胡麻《ごま》をすっていたお雅は、思わず障子を開けて真吾を褒めた。

「あたしも聞くのが楽しみになってきましたよ」お妙も感心する。

磯谷は習子の頭をぐりぐりとなでる。真吾はとっても誇らしげだ。

「お師匠さんが間違えても何度でも教えてくれたから。それにおいら、この話が好きなんだ」

伝次郎が筆の手をとめ、紙から顔をあげた。

「好きか」

きつい目許が弛《ゆる》む。

「うん、おいらもっと上手になって、妹に聞かせてやるんだ」

「そっか、おまえ妹がいたのか」

伝次郎はまた机にむかった。

そして、五日目のまだ少し夕方には早いころ、伝次郎は書き上げた。

この日は磯谷と真吾も残って、筆を置いた伝次郎をみんなで手を叩いて労った。

お雅は書き上がったばかりの草稿に磯谷と目をとおしていった。そして読み終えて洟をすった。

「なんだよ、こんな思いつきの話に涙ぐんだりしてよ」

伝次郎は、歩き疲れたみたいに壁にもたれている。

「だって、いいお話ですもの。ねえ、磯谷さま」

磯谷も「ああ、まったくだ」と赤くなった目をしょぼしょぼさせる。

盗賊からやっと道具箱をとり戻した真吾であったが、物の怪である長い髪の男に道を阻《はば》まれる。どうやったって、とおれない。泣きながら木の根元で眠る真吾の夢に、父親が出てくる。真吾は「お父っちゃん」と父親にすがる。父親は「寂しいのさ。やさしくしてやれ、なあ真吾」と励ます。真吾は物の怪に語りかける。そして物の怪が長い髪のせいで山から出られないことを知る。真吾は何日もかかって苦労の末に髪を結ってやった。しかし不格好だ。つたない腕に真吾は詫びるが、物の怪は、これでお前のようにどこへでも行ける身になったとうれしがり、真吾に道をとおらせる。それからも困難は起こるが、真吾は出会う者たちの気持ちに寄り添い、髪を結ってやっていく。そして旅を終えるころには、日の本一の髪結いとして、名を馳《は》せるまでになっていた。

「とくに最後がよかったですよ」

髪結床の主人となった真吾は、嫁にいく妹の髪を結い、家から送り出すのだ。

この日は夕餉も食べていってくれと、お雅は膳を用意した。心ばかりのお礼の膳だ。運ばれてきたお菜を見て、「あっ、鰹だ」と真吾が目を見張る。

「そうよ、旭屋も今日から鰹を出すの」

棒手振りがそろそろどうですと持ってきてくれたのを、値はまだちょっと高かったが、お雅は思い切って仕入れた。

「でも、たしか苦手だったんじゃありませんでしたっけ」

お妙が伝次郎に首をかしげる。しかし伝次郎の望みであった。お礼をしたいから、なにか食べたいものはないかと聞いたとき、伝次郎はまな板にのった鰹を見て、あれを、と言ったのだ。

「女将さんの飯はうまかったしよ。鰹も食ってみたくなったんだよ」

鰹は以前に久兵衛が持ってきてくれたときにつくった叩きと、もうひとつ、刺身を漬けにした。熱い飯のうえに醤油と酒に漬けた身をのせ、小口切りの葱と胡麻をぱらりとかけた。椀は若竹汁だ。

叩きを恐るおそる口にした伝次郎が「うっ」と目を見張る。熱い飯と一緒に漬けを頬張って「くうっ」と身をよじる。それを見て、磯谷も真吾も箸をとる。お雅は男たちの気持ちのよい食べっぷりに目を細め、板敷きで筆をとった。旭屋の客にも報せなきゃいけない。

紙に認めた字を見て、真吾が読んでいく。

「かつおあります」

「上手に読めたわねえ」

「こんなの簡単さ」

真吾はこっちにやってきてお雅から筆をとり、真っ白な紙に書いていく。はみだしそうな元気な文字を、ひときわ大きな声で、真吾は読んだ。

「いろはに、はつかつお！」

すごいすごいとお雅とお妙は手を叩く。伝次郎は、やるじゃあねえかと褒めている。磯谷は、どんなもんだいと小鼻を膨《ふく》らます習子に感無量《かんむりよう》のようだ。箸を握り締め、ただただうなずいている。

見世の前に立った伝次郎が、空を見あげた。

「女将さん、きれいな茜《あかね》色だよ」

西の空は見事な夕焼けだった。

「おれさ、もういちど弟子にしてくれって師匠に頼んでみるよ」

伝次郎は空を見あげたまま、そう言った。

「まあ……それはよろこんでいいんですよね」

ふたたび洞窟を彷徨うことになるのだ。ひとりで。

伝次郎はそうだとは言わない。かわりに目をお雅にむけ、

「また田楽を食いにきていいか」と聞いた。

「ええ、お待ちしてますよ」

道の先で真吾と磯谷が伝次郎を呼んでいた。

「そんじゃ、行くわ。飯、うまかった。ご馳走《ちそう》さん」

伝次郎は手をあげ、暮れる通りを走りだした。長い影がお雅から離れていく。

「おや、ここも鰹だね」

客がきて声を弾ませた。

お雅は「いらっしゃいまし」と迎え、張り切って言った。

「ええ、旭屋の初鰹でございます」

参考資料

『ポプラディア情報館（33） 郷土料理』（龍崎英子監修 ポプラ社）
『NHK 21世紀に残したい ふるさと日本のことば②関東地方』（NHK放送文化研究所監修 Gakken）
『彩色江戸物売図絵』（三谷一馬 中央公論新社）
『江戸 うまいもの歳時記』（青木直己 文藝春秋）
『現代教養文庫 1037 江戸の戯作絵本（一）』（小池正胤ほか編 社会思想社）

初出
ひろい猫　書き下ろし
寒のもどり　書き下ろし
別れのやきまんじゅう　「オール讀物」二〇二三年八月号
旭屋のひなまつり　「オール讀物」二〇二三年五月号
いろはに初かつお　書き下ろし

本書は文春文庫オリジナルです

扉イラスト　pon-marsh

DTP制作　エヴリ・シンク

文春文庫

むすめの祝《いわ》い膳《ぜん》
煮売屋《にうりや》お雅《まさ》 味《あじ》ばなし

定価はカバーに
表示してあります

2023年10月10日　第1刷

著　者　宮《みや》本《もと》紀《のり》子《こ》
発行者　大沼貴之
発行所　株式会社 文藝春秋

東京都千代田区紀尾井町 3-23　〒102-8008
TEL 03・3265・1211(代)
文藝春秋ホームページ　http://www.bunshun.co.jp

落丁、乱丁本は、お手数ですが小社製作部宛お送り下さい。送料小社負担でお取替致します。

印刷製本・TOPPAN株式会社

Printed in Japan
ISBN978-4-16-792116-3

（　）内は解説者。品切の節はご容赦下さい。

剣と紅　高殿　円
戦国の女領主・井伊直虎
徳川四天王・井伊直政の養母にして、遠州錯乱の時代に一命を賭して井伊家を守り抜いた傑女。二〇一七年NHK大河ドラマにもなった井伊直虎の、比類なき激動の人生！　（末國善己）
た-95-1

主君　高殿　円
井伊の赤鬼・直政伝
お前の〝主君〟はだれだ？　井伊家再興の星として出世階段を駆け上る井伊直政。命知らずの直政に振り回されながら傍で見守り続けた木俣守勝の目からその生涯を描く。　（小林直己）
た-95-2

甘いもんでもおひとつ　田牧大和
藍千堂菓子噺
菓子職人の兄・晴太郎と商才に長けた弟・幸次郎。次々と降りかかる難問奇問に、知恵と工夫と駆け引きで和菓子屋を切り盛りする。和菓子を通じて、江戸の四季と人情を描く。　（大矢博子）
た-98-1

晴れの日には　田牧大和
藍千堂菓子噺
菓子バカの晴太郎が恋をした!?　ところが惚れた相手の元夫は、奉行所を牛耳る大悪党。前途多難な恋の行方に不穏な影が忍び寄る。著者オリジナルの和菓子にもほっこり。　（姜　尚美）
た-98-2

出世商人《しゅっせあきんど》（一）　千野隆司
急逝した父が遺したのは、借財まみれの小さな艾屋《もぐさや》だった。跡を継ぎ、再建を志した文吉だったが、そこには商人としての大きな壁が待ち受けていた!?　書き下ろし新シリーズ第一弾。
ち-10-1

出世商人（二）　千野隆司
借財を遺し急逝した父の店を守る為、新薬の販売に奔走する文吉。しかし、その薬の効能の良さを知る商売敵から、悪辣な妨害が……。文吉は立派な商人になれるのか。シリーズ第二弾。
ち-10-2

剣豪夜話　津本　陽
剣道三段、抜刀道五段の著者が描く武人の魂。歴史に名を刻んだ剣豪、現代に生きる伝説的な武人。その壮絶な技と人生を通じて、日本人の武とは何かを考える、著者最後となる一冊。
つ-4-72

（　）内は解説者。品切の節はご容赦下さい。

恒川光太郎
金色機械
時は江戸。謎の存在「金色様」をめぐって禍事が連鎖する――。人間の善悪を問うた前代未聞のネオ江戸ファンタジー。第67回日本推理作家協会賞受賞作。（東　えりか）
つ-23-1

鳥羽　亮
八丁堀「鬼彦組」激闘篇
奇怪な賊
大店に賊が押し入り番頭が殺され、大金が盗まれた。中からは厳重に戸締りされていて、完全密室状態だった。そしてまた別の店が――一体どうやって忍び込んだのか！　奴らは何者か？

と-26-15

鳥羽　亮
八丁堀「鬼彦組」激闘篇
福を呼ぶ賊
福猫小僧なる独り働きの盗人が、大店に忍び込み、挨拶代わりに招き猫の絵を置いていくという事件が立て続けに起きた。被害にあった店は以前より商売繁盛となるというのだが……。

と-26-16

土橋章宏
チャップリン暗殺指令
昭和七年（一九三二年）、青年将校たちが中心となり首相暗殺などクーデターを画策。陸軍士官候補生の新吉は、来日中の喜劇王・チャップリンの殺害を命じられた――。傑作歴史長編。

と-33-1

永井路子
炎環
辺境であった東国にひとつの灯がともった。源頼朝の挙兵、それはまたたくまに関東の野をおおい、鎌倉幕府が成立した。武士たちの情熱と野望を描く、直木賞受賞の名作。（進藤純孝）
な-2-50

永井路子
北条政子
伊豆の豪族北条時政の娘・政子は流人源頼朝に恋をする。源平の合戦、鎌倉幕府成立。御台所となり実子・頼家や実朝、北条一族、有力御家人の間で乱世を生きた女を描く歴史長編。（大矢博子）
な-2-55

中村彰彦
二つの山河
大正初め、徳島のドイツ人俘虜収容所で例のない寛容な処遇がなされ、日本人市民と俘虜との交歓が実現した。所長こそサムライと称えられた会津人の生涯を描く直木賞受賞作。（山内昌之）
な-29-3

（　）内は解説者。品切の節はご容赦下さい。

中村彰彦
名君の碑
保科正之の生涯
二代将軍秀忠の庶子として非運の生を受けながら、足るを知り、傲ることなく、兄である三代将軍家光を陰に陽に支え続け、清らかにこの世に身を処した会津藩主の生涯を描く。（山内昌之）
な-29-5

新田次郎
武田信玄
（全四冊）
父・信虎を追放し、甲斐の国主となった信玄は天下統一を夢みる（風の巻）。信州に出た信玄は上杉謙信と川中島で戦う（林の巻）。長男・義信の離反（火の巻）。上洛の途上に死す（山の巻）。
に-1-30

葉室　麟
銀漢の賦
江戸中期、西国の小藩で同じ道場に通った少年二人。不名誉な死を遂げた父を持つ藩士・源五の友は、名家老に出世していた。彼の窮地を救うために源五は……。松本清張賞受賞作。（島内景二）
は-36-1

葉室　麟
山桜記
命の危険を顧みず、男は妻のため出兵先の朝鮮半島から日本へ還る（「汐の恋文」）。大名の座を捨て、男は妻と添い遂げた（「花の陰」）。戦国時代の秘められた情愛を描く珠玉の短編集。（澤田瞳子）
は-36-7

畠中《はたけなか》　恵
まんまこと
江戸は神田、玄関で揉め事の裁定をする町名主の跡取・麻之助。このお気楽ものが、支配町から上がってくる難問奇問に幼馴染の色男・清十郎、堅物・吉五郎と取り組むのだが……。（吉田伸子）
は-37-1

畠中　恵
こいしり
町名主名代ぶりは板についてきたものの、淡い想いの行方は皆目見当がつかない麻之助。両国の危ないお二イさんたちも活躍する、大好評「まんまこと」シリーズ第二弾。（細谷正充）
は-37-2

畠中　恵
こいわすれ
麻之助もついに人の親に?!　江戸町名主の跡取り息子高橋麻之助が、幼なじみの色男・清十郎、堅物・吉五郎とともに様々な謎と揉め事に立ち向かう好評シリーズ第三弾。（小谷真理）
は-37-3

（　）内は解説者。品切の節はご容赦下さい。

花房観音
色仏
十一面観音像に魅せられた青年・烏。僧になるため京の町にやって来たが、ある女と出会い、仏の道を諦め……。幕末を舞台に男女の情欲と人間の業を色濃く描いた野心作。（雨宮由希夫）
は-55-2

平岩弓枝
御宿かわせみ
「初春の客」「花冷え」「卯の花匂う」「秋の蛍」「倉の中」「師走の客」「江戸は雪」「玉屋の紅」の全八篇を収録。江戸大川端の小さな旅籠「かわせみ」を舞台とした人情捕物帳シリーズ第一弾。
ひ-1-201

平岩弓枝
新・御宿かわせみ
時は移り明治の初年。幕末の混乱は「かわせみ」にも降り懸かる。次代を背負う若者たちは悲しみを胸に抱えながらも、激動の時代を確かに歩み出す。大河小説第二部、堂々のスタート。
ひ-1-235

火坂雅志
天地人（上下）
主君・上杉景勝とともに、信長、秀吉、家康の世を泳ぎ抜いた名宰相直江兼続。〝義〟を貫いた清々しく鮮烈なる生涯を活写する長篇歴史小説。NHK大河ドラマの原作。（縄田一男）
ひ-15-6

火坂雅志
真田三代（上下）
山間部の小土豪であった真田氏は幸村の代に及び「日本一《ひのもと》の兵《つわもの》」と称されるに至る。知恵と情報戦で大勢力に伍した、地方の、小さきものの誇りをかけた闘いの物語。（末國善己）
ひ-15-11

百田尚樹
幻庵《げんなん》（全三冊）
「史上最強の名人になる」囲碁に大望を抱いた服部立徹、幼名・吉之助は、後に「幻庵」と呼ばれ、囲碁史にその名を刻む風雲児だった。天才たちの熱き激闘の幕が上がる！（趙　治勲）
ひ-30-1

藤沢周平
隠し剣孤影抄
剣客小説に新境地を開いた名品集〝隠し剣〟シリーズ。剣鬼と化し破牢した夫のため捨て身の行動に出る人妻、これに翻弄される男を描く「隠し剣鬼ノ爪」など八篇を収める。（阿部達二）
ふ-1-38

（　）内は解説者。品切の節はご容赦下さい。

藤沢周平
海鳴り（上下）
心が通わない妻と放蕩息子の間で人生の空しさと焦りを感じる紙屋新兵衛は、薄幸の人妻おこうに想いを寄せ、闇に落ちていく。人生の陰影を描いた世話物の名品。（後藤正治）
ふ-1-57

藤井邦夫
恋女房　新・秋山久蔵御用控（一）
〝剃刀〟の異名を持つ南町奉行所吟味方与力・秋山久蔵が帰ってきた！　嫡男・大助が成長し、新たな手下も加わってスケールアップした、人気シリーズの第二幕が堂々スタート！
ふ-30-36

藤井邦夫
騙《かた》り屋《や》　新・秋山久蔵御用控（二）
可愛がっている孫に泣きつかれた呉服屋の隠居が金を用立ててやると、実はそれは騙りだった。どうやら年寄り相手に騙りを働く一味がいるらしい。久蔵たちは悪党どもを追い詰める！
ふ-30-37

藤原緋沙子
切り絵図屋清七
ふたり静
絵双紙本屋の「紀の字屋」を主人から譲られた浪人・清七郎は、人助けのために江戸の絵地図を刊行しようと思い立つ。人情味あふれる時代小説書下ろし新シリーズ誕生！（縄田一男）
ふ-31-1

藤原緋沙子
岡っ引黒駒吉蔵《くろこまのきちぞう》
甲州出身、馬を自在に操る吉蔵が、江戸で岡っ引になり大活躍。ある日町を暴走する馬に飛び乗り、惨事を防ぐ。怪我人がいないか調べるうち、板前の仙太郎と出会うが……。新シリーズ！
ふ-31-7

藤原緋沙子
花鳥
生類憐れみの令により、傷ついた小鳥を助けられず途方に暮れていた少女を救ったのは後の六代将軍家宣だった。七代将軍家継の生母となる月光院の人生を清冽に描く長篇。（菊池　仁）
ふ-31-30

万城目　学
とっぴんぱらりの風太郎（上下）
関ヶ原から十二年。伊賀を追われ京で自堕落な日々を送る〝ニート忍者〟風太郎。行く末は、なぜか育てる羽目になった「ひょうたん」のみぞ知る。初の時代小説、万城目ワールド全開！
ま-24-5

（　）内は解説者。品切の節はご容赦下さい。

松井今朝子
老いの入舞い
麹町常楽庵　月並の記
若き定町廻り同心・間宮仁八郎は、上役の命で訪れた常楽庵で、元大奥勤め・年齢不詳の庵主と出会う。その周囲で次々と不審な事件が起こるが…。江戸の新本格派誕生！（西上心太）
ま-29-2

松井今朝子
縁は異なもの
麹町常楽庵　月並の記
町娘おきしの許婚が祝言間近に不審な死を遂げる。「私が敵を討ちます」――娘の決意に間宮仁八郎は心を揺さぶられる。大奥出身の尼僧と真相に迫る江戸の新本格第二弾。（末國善己）
ま-29-3

宮城谷昌光
楚漢名臣列伝
秦の始皇帝の死後、勃興してきた楚の項羽と漢の劉邦。覇を競う彼らに仕え、乱世で活躍した異才・俊才たち。項羽の軍師・范増、前漢の右丞相となった周勃など十人の肖像。
み-19-28

宮城谷昌光
三国志外伝
「三国志」を著したのは、諸葛孔明に罰せられた罪人の息子だった（「陳寿」）。匈奴の妾となった美女の運命は（「蔡琰」）。三国時代を生きた、梟雄、学者、女性詩人など十二人の生涯。
み-19-35

簑輪　諒
くせものの譜
武田の家臣であった御宿勘兵衛は、仕える武将が皆滅ぶ。いつしか世間は彼を「厄神」と呼ぶ。滅んだのは依田信蕃、佐々成政、北条氏政、結城秀康、そして最後に仕えしは豊臣秀頼！（縄田一男）
み-59-1

簑輪　諒
千里の向こう
龍馬とともに暗殺された中岡慎太郎。庄屋の家に生れた生真面目で理屈っぽさが取り柄のいごっそう（頑固者）は、魑魅魍魎が蠢く幕末の世で何を成し遂げたのか？　稀代の傑物の一代記。
み-59-2

諸田玲子
あくじゃれ
瓢六捕物帖
知恵と機転を買われて牢から解き放たれた粋な悪党・瓢六と、不承不承お目付役を務める堅物同心・篠崎弥左衛門の凸凹コンビが、難事件解決に活躍する痛快時代劇。（鴨下信一）
も-18-2

（　）内は解説者。品切の節はご容赦下さい。

山本一力
あかね空
京から江戸に下った豆腐職人の永吉。己の技量一筋に生きる永吉を支える妻と、彼らを引き継いだ三人の子の有為転変を、親子二代にわたって描いた直木賞受賞の傑作時代小説。（縄田一男）
や-29-2

山本一力
たまゆらに
青菜売りをする朋乃はある朝、仕入れに向かう途中で大金入りの財布を拾い、届け出るが——。若い女性の視線を通して、欲深い人間たち、正直の価値を描く傑作時代小説。（温水ゆかり）
や-29-22

山本兼一
火天《かてん》の城
天に聳える五重の天主を建てよ！　信長の夢は天下一の棟梁父子に託された。安土城築城の裏に秘められた想像を絶する創意工夫。第十一回松本清張賞受賞作。（秋山　駿）
や-38-1

山本兼一
利休にたずねよ
美の求道者ゆえ、秀吉に疎まれ切腹を命ぜられた利休。心の中には若き日に殺した女がいた。その秘めた恋と人生の謎に迫る圧巻の第140回直木賞受賞作。浅田次郎氏との対談を特別収録。
や-38-10

山本周五郎・沢木耕太郎 編
山本周五郎名品館Ⅱ
裏の木戸はあいている
今なお読み継がれる周五郎の作品群から選び抜かれた名品。「ちいさこべ」「法師川八景」「よじょう」「榎物語」「こんち午《うま》の日」「橋の下」「若き日の摂津守」等全九編。（沢木耕太郎）
や-69-2

山本周五郎・沢木耕太郎 編
山本周五郎名品館Ⅲ
寒橋（さむさばし）
周五郎短編はこれを読め！　短編傑作選の決定版。「落ち梅記」「人情裏長屋」「なんの花か薫る」「かあちゃん」「あすなろう」「落葉の隣り」「釣忍」等全九編。（沢木耕太郎）
や-69-3

谷津矢車
おもちゃ絵芳藤
歌川芳藤に月岡芳年・落合芳幾・河鍋暁斎ら個性溢れる絵師が、幕末から明治の西欧化の波に抗い苦闘する。絵師の矜持と執念に迫る、歴史時代作家クラブ賞作品賞受賞作。（岡崎琢磨）
や-72-1

（　）内は解説者。品切の節はご容赦下さい。

谷津矢車
雲州下屋敷の幽霊
背に刺青を入れられても恨み言一つ言わない女。貧乏漁師の家から吉原に売られた女。取り調べに決して口を割らぬ女——江戸時代の事件をモチーフに紡がれた珠玉の五篇。（田口幹人）
や-72-2

夢枕　獏
陰陽師《おんみょうじ》
死霊、生霊、鬼などが人々の身近で跋扈した平安時代。陰陽師安倍晴明は従四位下ながら天皇の信任は厚い。親友の源博雅と組み、幻術を駆使して挑むこの世ならぬ難事件の数々。

ゆ-2-1

夢枕　獏
おにのさうし
真済聖人、紀長谷雄、小野篁。高潔な人物たちの美しくも哀しい愛欲の地獄絵。魑魅魍魎が跋扈する平安の都を舞台に鬼と女人と恋する男を描く、「陰陽師」の姉妹篇ともいうべき奇譚集。

ゆ-2-26

吉村　昭
磔（はりつけ）
慶長元年春、ボロをまとった二十数人が長崎で磔にされるため引き立てられていった。歴史に材を得て人間の生を見すえた力作。「三色旗」「コロリ」「動く牙」「洋船建造」収録。（曾根博義）
よ-1-12

吉村　昭
虹の翼
人が空を飛ぶなど夢でしかなかった明治時代——ライト兄弟が世界最初の飛行機を飛ばす何年も前に、独自の構想で航空機を考案した二宮忠八の波乱の生涯を描いた傑作長篇。（和田　宏）
よ-1-50

渡辺仙州
三国志博奕《ばくち》伝
三国時代の呉を舞台に、博奕の力・奕力《イーリー》を持った男と、不思議な呪術で甦った三国志の英雄たちが、超立体ヴァーチャルリアリティの世界で奇想天外なギャンブル対決を繰り広げる。

わ-21-1